"十四五"国家重点图书出版规划项目

·文学名家对话录·

何向阳　主编

老马识途

马识途　侯志明　张旻昉　刘晓远　著

河北出版传媒集团

花山文艺出版社

河北·石家庄

图书在版编目（CIP）数据

老马识途 / 马识途等著. -- 石家庄：花山文艺出版社，2025.3. -- (文学名家对话录 / 何向阳主编).
ISBN 978-7-5511-7003-1

Ⅰ．I206.7

中国国家版本馆CIP数据核字第20251CA418号

丛 书 名：文学名家对话录
主　　编：何向阳
书　　名：老马识途
　　　　　LAOMA SHITU
著　　者：马识途　侯志明　张旻昉　刘晓远
选题策划：郝建国　王玉晓
责任编辑：于怀新
特约编辑：张海龙
责任校对：李　伟
装帧设计：王汉军
美术编辑：陈　淼
出版发行：花山文艺出版社（邮政编码：050061）
　　　　　（河北省石家庄市友谊北大街330号）
销售热线：0311-88643299 / 96 / 17
印　　刷：河北新华第一印刷有限责任公司
经　　销：新华书店
开　　本：880 mm×1230 mm　1/32
印　　张：8
字　　数：130千字
版　　次：2025年3月第1版
印　　次：2025年3月第1次印刷
书　　号：ISBN 978-7-5511-7003-1
定　　价：65.00元

（版权所有　翻印必究·印装有误　负责调换）

马识途（1948年）

马识途(后排右二)在上海浦东中学读书期间参加篮球队合影

在西南联大读书期间,马识途(后排右二)与同学、美国飞虎队队员合影

1951年,马识途参加成都人民代表大会

1962年,马识途失散二十年的长女吴翠兰(后中)回成都时与全家合影

1979年，马识途（前排左）陪李政道（前排右）参观中国科学院成都分院

1987年，马识途（右一）与巴金（右二）、张秀熟（右三）、沙汀（右四）在李劼人故居合影

20世纪90年代,马识途在家中阅读

2002年,马识途在北京庆生

2003年,马识途在电脑前写作

2005年,马识途在北京"马识途书法艺术展"上

2006年,马识途(右)和周有光交谈

2011年,马识途(左)在中国作家协会第八次全国代表大会上和作家陈忠实交谈

2011年，马识途在绍兴鲁迅纪念馆

2011年，马识途在湖北恩施刘惠馨烈士墓前

2012年,马识途在家中

2013年,马识途与成都市东城根街小学师生合影

2015年,马识途在家中

2017年，马识途（中）与老友聚会

2018年，马识途在成都龙泉驿赏桃花

2019年,马识途(中)和张旻昉(右)、刘晓远(左)合影

2019年,马识途(右)与老友李致(左)逛公园

2021年,马识途在成都街边建党百年标识旁留念

2022年春节前,中国作家协会副主席、四川省作家协会主席阿来(中)、四川省作家协会党组书记侯志明(左)看望马识途(右)

马识途在读书

总序

冰山下的故事终会一一呈现

何向阳

策划主编这套"文学名家对话录"丛书的想法已有些年月了,起初的设想更开阔一些,包括艺术家在内,后来缩小到了文学界。原先起了很多名字,比如"大家对话录"、"常青藤"对话丛书,但随着时间流逝都一一作罢,固定成了现在的样子。

为什么要主编这样一套对话录?让我回到自己的初衷。

我一直有一个想法。首先是对人的兴趣。文学是人学。文学是写人的,但文学同时也是人写的,作为研究者,我们一方面对作家写出的人物感兴趣,同时,我们对写出了人的"这个人"——作家感兴趣。我读研究生时的专业方向是创作心理学，作家创作心理一直是我关注的对象。作家作为创造者个人，他是一个怎样的人？这当然是我们研究他的文学的深度所在。然而，我们的文学研究，长期以来，似乎对于文本的兴趣大于对于人的兴趣。这就好比绕道而行，不走捷径。通过文本，我们认识他，而不是通过人本身，我们懂得他。这种研究，一直是我的迷惑所在，当我们没有机会认识一个活生生的人，而只是通过他的作品去二手地认识他时，我们所能做的是通过一系列已有的文字去了解那个旧有的纸上的他，但是，当我们能够面对面地与之切磋，我们能够与之处于同一时代，这个人就活生生地站在你面前时，你还只满足或止步于在一片浩瀚的文字中寻找他的呼吸吗？你还只感兴趣于他写下的只言片语吗？这样，我们是不是会错过一些更重要的东西，比之文学而言，他个体的生命、人生的选择，是不是更应该引起我们的关注与瞩目？！

当代文学，之所以是当代，一个非常重要的原因，也是一个难得的缘分，是批评家与作家置身于同时代，他们的同声相和的关系，使得彼此的观察与研究，处在一个更为直观和感性的层面。这个层面，我以为，随着时间的迁移，较之理性诠释的层面，也许更客观。而这种客观，放在时间的链条上，愈往后来，便会愈显出它的珍贵。

动议起始于一种观念。正像作家需要他的生活，他称之为第一手材料的那种热气腾腾的生活，他热爱它，他寻找它，那么，批评家为什么只满足于第二手材料呢？他难道不该从故纸堆中立身而起，去敲响作家的门，和他说，来，我们来谈一谈文学，这里面，有您的人生，同时也有我的选择，我们的时代。

收入这些"对话录"中的人，是那些可贵的敲门人，也是认真的回应者，门里门外的人，不再有门的阻隔。

但为什么要这么做？这么做的意义是什么？

我的回答是，因为有许多值得去深入探索的东西，这些东西，是我们只从已知的作家给予我们的虚构作品中找不到的。在这方面，我认同于海明威的"冰山理论"。一个人的写作只呈现他的自我的一小部分，如果以冰山比喻的话，我们看到的只是露出水面的八分之一部分，更多的部分，那八分之七仍然埋藏于海平面以下。然而对于一个作家来说，正是这隐匿于海平面之下的部分才是一直支撑了他的海平面上可见的巍峨的冰山形态的部分。这更多的部分，弥足珍贵，它隐藏着一个作家创作的全部秘密。说是他写作的动机，也不为过分。而这一部分，我们很少知晓，长期以来自信自足的批评家的主观臆断或多或少地阻隔了抵达它的通道。

那是一个更大的空间。

那是一个作家的人生更为全整的部分。

那是一个时代成就一个作家的奥秘所在。

如果文学之于一个作家而言，是我们可以通过阅读而习得他艺术的表层的部分，那么，对于批评家而言，可能对于一个作家想要了解得更多，而这更多的部分，这在虚构作品之外的部分，包括信仰、信念、情感、情绪、行为、感受、渴望、欲望种种，那些不可见的部分，才是成就一个作家的目前定型于我们的文学面貌的关键。

我曾在不同的纸上列出过一系列的名字，中国当代作家的文化人格呈现出的丰富复杂而斑斓多元的部分，是我向往探究的对象，他们就是我们漫长而璀璨的中华文化的一部分，而且是最精华的部分。"灵魂工程师的灵魂"，是多么丰富的宝藏，它们却一直封存于深山。限于时空与精力，这项巨大的开采工作不可能由我一人独立完成。主编一套书的想法就这样来到心间，对于我这样的人来说，只要来到心间的想法，是一定要通过实践去变成现实的。那些名字曾经秘而不宣，在一张张纸上，被写下来，先是五位，十位，后有二十位。因为时间的拖延，名单上有些人已然逝去，我不时对着名单发呆，后悔不迭，心中默念，时间，再给他们一些时间，让他们的故事能够继续活下去。但，还是着手太晚了。有的已经是百岁左右的老人了，他们没有等到，他们的对话活在了我的念想里。我曾经不止一次向朋友表达着追力不足的遗憾。今天，令我欣慰的是，这项工作终于开始，还有一些超过百岁的老人，他们等到了他们的对话者。冰山下的故事终会一一呈现。

　　就阅读而言，我非常看重一本书的第一手资料感，就是最原始的、未经删减的、原汁原味的甚至是冒着热气的那种可能还略显粗砺的文本。可能是长期做学术的习惯，我始终认为，这是一个真实的起点，虽然现在已经不大可能做到绝对纯粹原生态的一手资料了，但是作为一种方法，一种介入并深入作家作品与人格内部的方法，我一直认为，相对于后期对一堆资料的剪裁修补和研究阐释而言，那最初的言谈，两个人或更多人之间的对话不仅松弛，而且可信。这也许是文学研究应该向社会学借鉴的部分。一种社会学的方法可以抵达我们主观也许不能抵达的层面。

  一种对话文体，好过许多个体太过主观的为文。当然，文学不可能不是主观的呈现，但，对话标识着一种开放，并以对话的自由而使这种开放加以真实地呈现，对话更是一种平等，两方相对而坐，你来我往，坦诚相见，使批评更成为批评，而不是自说自话，也不会有因某方的不在场而成就某种智力炫技的可能。你和我，面对面。我们同样享有讲话、反驳、论辩的权利，我们相互尊重，围绕某一话题展开探讨辩论，不在于谁说服谁，也不会有话语权掌控者的狰狞面目出现，一切问题摆开来，谈下去，让谈话呈现一切，思想的，情感的，人性的，文学的，世界的。这是我长久以来的一个理想，作家之间，批评家作家之间，他们面对面，一场朋友式的对话如同弈棋手谈，对话必然呈现出他们之间视角的不同，他们方法的差异，他们思想的锐利，当然还有他们彼此的善意、相互的体恤。

这样的初衷，与《论语》有关。这里向这部伟大作品致以敬意。曾经有人问我，如果去一个孤岛只能带三本书，你带哪三本？《论语》是我要带的三本书之一，它只有不足两万字，但的确写尽了人的信仰、信念、情感、情绪、行为、感受、渴望、欲望以及规避种种，那里有"乌托邦"式的理想，有从成人到君子人格的设计，言简意赅，包罗万象。虽然人们普遍认为它是一部语录体的著作，但对话在其中仍占有大多部分，孔子与弟子间的无间讨论，让人即便是今天仍能领受到公元前5世纪至前4世纪之间的人与人之间的诚意。

《论语》之外，还有一部书，令人肃然。在《论语》之后，公元前387年至前347年间诞生的《柏拉图对话录》。这部对话录所涉内容甚广，是作为学生的柏拉图记述他的老师苏格拉底为主要发言者的对话，其中最让我难忘的是《斐多》中通过对话呈现出的苏格拉底，一个哲学家就在他被判死亡的当天，就在死亡之前的几个小时，还在与他的门徒讲述正义与不朽、信念与智慧、肉体与灵魂,"绝对的公正"、"绝对的美,绝对的善",他侃侃而谈的沉静令我抚读震惊。我读的版本是1999年杨绛先生的译文,"灵魂在我们出生以前已经存在了","一切生命都是从死亡里出生的","灵魂是不朽的,我们该爱护它,不仅今生今世该爱护,永生永世都该爱护",当读到这些也许今天人们会觉得是过于形而上的语句时,我竟要流出眼泪,苏格拉底正如他自己所说,"真正的哲学家一直在练习死",他的确也给出了他自己的练习答案,如那天鹅死前的"引吭高歌",是的,他自觉"一丝一毫也不输天鹅"!那最后时刻的从容不惧,也令我想到孔子的一切。两位哲人,孔子生活于公元前551年至前479年,苏格拉底生活于公元前469年至前399年,《论语》《柏拉图对话录》堪称人类哲学与文学的瑰宝。但是如果没有孔子、苏格拉底的弟子与门徒,我们又怎么去知晓孔子与苏格拉底的思想深奥呢?

感谢对话的存在。这套书致敬人类的源头思想及其承载形式。

我仍记得那年夏天在一棵大核桃树下，与出版家郝建国先生谈及这套书设想时的情景，正午的阳光从宽畅的叶片缝隙落在砖石的地面，而更多的阳光将核桃树叶映照得碧绿透亮。我想，那是我们理想的颜色。

感谢花山文艺出版社的眼光，感谢"十四五"国家重点图书出版规划项目的评委，感谢一起具体做着这项工作的友人们，因有你们的参与，未来会与今天有所不同，明天，更胜于今天。

先生的身影是向前的指引
——写在前面的话

侯志明

2016年2月4日,我第一次见到马识途。那天,马老在家人的陪同下来峨眉电影制片厂看电影,中午在我们食堂吃午饭。那时,我在峨影集团工作。

2024年1月12日,我照例在他的生日前到他金牛区的家里,看望老人家,在家里和他留下最后一张合影。

3月16日,马老住进华西医院。22日上午,我和马万梅(马老的二女儿)通了电话,询问马老的情况。就在我们通话时,电话里还传来马老的声音,依然那么洪亮有力。这是我听到马老最后的声音。

28日19时50分左右,我接到消息:马老走了!

29日上午，我赶到马老家里。屋里一切如旧，桌子上书笔如旧，只是我们熟悉的椅子上再不见熟悉的马老。我向万梅姐了解了马老最后的情况，得知他走得安稳，没有痛苦，仿佛睡去。

4月3日下午3：30，我独自一人，前往殡仪馆。我迈着沉重的双脚，仰望而行，进入灵堂，送上一枝鲜花，向马老做最后的告别。

算起来，我和马老的交往超过了八年。

八年来，我有幸十几次走近并倾听马老。有几次，当我在电话里和万梅姐提出要去看望马老时，话筒中传来先生清晰的"侯志明可以来"，这句话让我异常感动。

八年来，每一次和先生在一起，无论时间短长，总能收获深厚的生命启迪、长久的精神愉悦以及让我不敢太过偷懒的鞭策，总觉得是那样的和美吉祥。

一

作为四川作家中的一员，何其有幸，我曾多次走近这个年龄超百岁、党龄超八旬、著作几近等身的文坛老人,和他进行过深入交流。也因为这种缘分,不少人问我:你看到了什么?听到了什么?

我说,我看到了这个老人神清气爽而有尊严地生活着,关注社会世相而又理性地思考着,信念执着坚定而又努力地奉献着,关爱文学事业而又不停地耕耘着,这不能不说是一个奇迹。

八年多来,我有幸十几次走近并倾听过马老的教诲,因为他是四川省作家协会的名誉主席,因为他对作协的关心、对作家们的爱。

我和马老结识得很晚,但大概是在初中时期就知道马老。因为距离,从来没有相见的奢望。

第一次产生拜见的念头是在1999年,我从沈阳调到成都。有一次坐大巴从成都去重庆,在一个服务区休息时,看到马老写的一副对联。忽然觉得和马老同城了,有相见的希望,便掠过一阵窃喜。但也就是一阵,过后便忘了。再一次撩拨我心中的愿望大约是2012年。那几年电影《让子弹飞》热映全国,我知道这部电影改编自马老的《夜谭十记》。但那时我在基层工作，不同城不同行亦不同道，相见也不易，只能想想。

没想到的是2013年底，我奉命调入峨眉电影集团，回到了成都。2016年2月4日上午，马老在家人的陪同下来峨眉电影制片厂看电影，中午在我们食堂吃午饭，我有幸第一次和马老见面。

他长眉白发，红光满面，身材魁梧，望之威严，轻提手杖，行走稳健，腰身挺直，精神矍铄。从电影院到食堂有一百多米吧，他不用人搀扶，自己走了过来，实在不像个百岁老人。坐定相谈，我又发现他思维清晰，语言表达流畅。他说他的长寿之道是"吃得喝得睡得受得"。他和大家开玩笑说："阎王爷把我忘了，小鬼我不怕，拿我没办法，所以活到现在。"幽默中让人感受到他的通透坦荡。吃完饭，我们俩合了一张影，合影照片我一直保存在手机里，有提到马老的场合，便会显摆夸耀我和马老的熟稔。

更巧的是，2016年12月9日，我奉调四川省作家协会，有幸和马老同道。从此以后，我便有了常见马老的充分理由和先决条件，有了向他请教的大好时机。

2016年12月12日我正式到岗，14日下午，便迫不及待地前去看望这位德高望重的前辈、领导。

　　我去时，马老已在书屋安坐，身后是可以仰躺且有高高靠背的座椅，前面是一张大大的书桌，上面摆放着层层叠叠的书。在近手处，是几副眼镜、一个放大镜，还有稿纸和笔；身后的墙边是一些旧式的书柜，高低不等，颜色不同；书柜上面的墙上挂的是大小不等、出自他自己之手的书法作品。虽显零乱，但更有文人的印痕和书香的味道。我自报家门、说明来意后，便请这位任四川作协主席长达二十八年、如今依然是四川作协名誉主席的长者作指示。他开玩笑地说："你是领导，我是会员，不能指示。"沉默片刻，他对我说："作协工作一定要围绕'出作品、出人才、走正道'来开展。"我请他把这九个字写下来，他拿起笔，随手拿过一张纸，看看正反面，认认真真写好递给了我。我回来后，就把这九个字贴在我笔记本的扉页上，提醒自己时刻不要忘记马老的教诲。他说，党的十八大以来，中央很重视文化工作，这是了不起的。作家们责任重大，大有可为。他也说很多问题要警醒，比如低劣的作品太多，尤其是网络快餐,让青少年从小阅读这些作品令人担忧;比如西方国家实施文化侵略,有害国家安全。

2016年12月28日,四川省作家协会召开第八次代表大会,推举马老为四川省作家协会名誉主席。这是全体作家的心愿。

二

我把和马老见面的情形告诉了好朋友、时任新华社四川分社社长惠小勇。2017年6月27日下午,小勇显然做了周密安排,不但亲自前往,安排了文字记者、摄影记者,还给马老带去了新华社史料中有关马老的记载。

马老说,四川的作家有实力有潜力,多次获得茅盾文学奖和鲁迅文学奖。但他也认为,好作品能否传下来还有待时间考验。他希望四川的作家珍惜来之不易的文学创作环境和条件,认真创作一批好作品。

在谈到对青年作家的希望时,马老说,四川青年作家很活跃,苗子很好,但要多读书、读好书,作为作家的基本修养一生要坚持。青年作家不能浮躁，要踏踏实实训练基本功。

2017年新年来临，作家协会按惯例要开一个迎新年座谈会，我们邀请马老出席，他愉快地答应了。可是就在开会的头一天，万梅姐打来电话告诉我，说马老的保健医生说他血压不稳定，不能来了。我们虽觉有点遗憾，但都表示理解。没想到的是他虽然人没有来，但写了一封短信，向大家致以新年的问候和祝福。信是这样写的：

作家同志们好，我委托侯志明同志向大家拜年，祝新年快乐创作丰收，阖家安康。

马识途

2017年1月20日

2017年11月6日至7日，"中国·南亚国家文学论坛"在成都举办，中国作家协会主席铁凝同志出席。活动期间，铁凝同志去看望马老，我作陪。那天马老的状态非常好，可能是老友相见吧，一见面便拥抱，然后是互相送书，接下来是畅谈。当铁凝得知马老还在写书,还有两本书即将出版时,感叹说,在中国文学界,九十高龄还在创作的人寥寥无几,百岁以上还在出书的人绝无仅有。

的确,马老是一位著名的老作家。1935年开始发表作品,正式出版的作品已有二十六部,在全国报纸杂志发表的文学作品难以计数。1961年,长篇小说《清江壮歌》一边写一边在《四川文学》和《成都晚报》上连载,持续引起文坛关注;1962年又在《中国青年报》连载;1966年正式出版,首印二十万册,奠定了他在巴蜀乃至中国当代文学史上的地位。七十岁后,他又以惊人的毅力和意志开始学习电脑,并很快熟练掌握,成为中国作家中年龄最长的"换笔人"。由于他对文学的贡献,四川文艺出版社2005年编辑出版了十二卷本的《马识途文集》,2018年再次编辑出版了十八卷本的《马识途文集》。同时省里组织专人完成研究专著《马识途生平与创作》,该书称"马识途在巴蜀现当代文学史上具有承先启后的地位和作用","他是继郭沫若、巴金、何其芳、李劼人、沙汀、艾芜之后具有较大影响力的四川作家"。

三

转眼，2018年来临，时任四川省委常委、宣传部部长甘霖同志有天上午去看马老，要我陪同。这是我第五次拜谒马老。

他仍然是那样气定神闲、精神焕发。他和甘霖同志主要谈了他的手稿捐赠中国现代文学馆的事，而之前四川省图书馆想保留复制品，他希望有个统筹考虑。甘霖同志立即做了安排。马老分别将自己新出的《岷峨诗侣·马识途卷》和一本书法作品集签名送给了我们。当他给我签名时，甘霖同志提醒说这是省作协书记侯志明，马老立即回复说："我知道，他是我老板。"闻言，在场的人无不捧腹大笑，佩服马老的记忆力和幽默。

2018年3月22日下午1点多，我忽然接到消息，说马老上午在龙泉驿看桃花，下午想顺道到巴金陈列馆看看。我听了十分高兴，一边让陈列馆做准备，一边赶紧往那儿赶。紧赶慢赶，我到时马老已经到了。我们给他准备了一个房间让他休息,他坚决推辞,我们只能陪他看看。进到陈列馆,他让人把他从轮椅上扶下来,对着巴金的塑像就是三鞠躬,鞠完躬说:"巴老,我来看你了。"说话时显然有些激动。然后他转过身说:"我们合几张影吧。"这句话正中我们下怀,于是我们和马老在巴老的塑像前照了很多照片。

后来,我又多次去看望马老,2018年8月24日,是陪同中国作家协会副主席李敬泽去的。他们谈了很长时间,主要谈的是新文学如何更好地继承传统文学——现代诗对古体诗的继承、现代小说对章回体小说的继承等,从谈话中可以感受到马老思想的深度和广度。他还幽默风趣地说:"我不是'圣贤人',我是'剩闲人'。"他一边说一边用笔写了下来,逗得在场的人哈哈大笑。

这一年,马老又给中国文坛带来一个大大的惊喜,他申报的《那样的时代,那样的人》被中国作家协会列入重点作品扶持选题。无疑他是所有申报者中年龄唯一过百的。

2019年春节前,我再去看他,并请他出席我们的团拜会,他说行动不便,医生不允。但他写了一幅字——"作文先做人,写书多读书",寄语四川的作家们。

四

马识途,原名马千木,生于重庆忠县。他1938年加入中国共产党,对这段历史,他说起来就兴奋不已。

1937年8月,日军飞机轰炸南京,他与女友刘惠馨等逃离南京,经上级组织介绍来到鄂豫皖苏区的七里坪,进入党训班,接受了为期一个多月的党的知识培训。在培训结束时,马老提交了入党申请,后在武汉由时任湖北省委组织部部长的钱瑛同志办理了入党手续。

马老清晰地记得,1938年3月的一天傍晚,他从钱瑛同志手上郑重地接过一份油印的《入党申请表》,认真仔细地填好后,在签名处签上了名字:马识途。钱瑛看后感到不解,说:"你不是叫马千木吗?怎么签的是马识途?"他回答道:"从今天起我改名了。我已经找到自己的道路,老马识途了。"随后,钱瑛同志为他举行了庄严的入党宣誓仪式。

1941年,马识途所在的鄂西特委被特务破坏,爱人刘惠馨连同不满周岁的女儿被捕入狱。根据中共南方局的决定，马识途化名马千禾，考入西南联大外文系，后转入中文系学习。同年底，刘惠馨被特务枪杀。刘惠馨牺牲后，女儿下落不明，之后马老找了二十年才找到。四川作协的沙汀同志鼓励他就此事写一部长篇，这就有了后来的《清江壮歌》。

谈起文学创作，马老说开始是被逼着写，后来是主动写。1938年入党后，马老曾在党内担任过不同的领导职务，但在所有职务中，任职四川省文联主席、四川省作协主席的时间最长，达二十八年。

这些年来，我拜读了不少马老的作品。尤其是当我读了他写于20世纪30年代的几首诗词和百岁以后的诗作后，更加深了对马老的了解和认识。

他于1931年在《出峡》中这样写道："辞亲负笈出夔关，三峡长风涌巨澜。此去燕京磨利剑，国仇不报誓不还。"1939年在鄂西做地下工作时，偶游至川鄂边小南海小岛古庙，正浏览僧舍题壁诗时，老僧捧砚请题，他挥笔而就写下《小南海僧舍题壁》："我来自海之角兮天之涯，浪迹江湖兮四海为家,韬光养晦兮人莫我识,风云际会兮待时而发。"看了他写的诗,老僧惊问:"先生无乃有天下之志乎?请留名。"他却不应而去。在《百岁自寿诗》中,他写道:"韶光飞逝竟如斯,风雨百年与日驰。一世沧桑谁共历,平生忧乐我心知。山重水复疑无路,海晏河清会有时。鼓荡春风中南海,中华崛起定能期。"

五

2014年1月,"马识途百岁书法展"举行,作品卖出二百三十万元。义卖结束后,出乎很多人意料,马老宣布把义卖所得全部作为奖学金捐赠给四川大学文学与新闻学院。文学与新闻学院用这笔钱专门设立"马识途文学奖",每年评选一次,用以资助热爱文学、追逐梦想、品学兼优的大学生。

2019年1月18日至28日,"凌云苍松——105岁马识途书法展"在成都再次举行义卖,义卖所得税后款一百零五万元,他又全部捐给川大。2019年3月28日下午3点钟,马老乘车来到了四川大学，出席"马识途文学奖"奖学金捐赠签约仪式，亲自将义款交到校长李言荣手中。他说："我今年已进入一百零五岁，眼近瞎耳近聋，唯一好的是还没有痴呆。我今天最想讲的一句话就是，我以为，一个人到这个世界上来，总应该做一件好事吧。那么，我把我的书法展所得捐给四川大学文新学院，作为优秀寒门学子的奖学金，就是我想做的一件好事。我为什么要把奖学金设在四川大学？这是有一点渊源的。20世纪40年代，我曾在川大外文系上过学，虽然时间很短，但也算是四川大学的校友。而且在新中国成立以前，我在地下党组织川康特委时曾经领导川大地下党组织的工作，我的爱人王放就曾在川大工作过。况且，我还曾经接受过川大的聘书。"

清晰的思维、洪亮的表达，使在场的人掌声不断。他接着说："1958年，我参加筹建中国科学院四川分院时，在川大、重大等几所大学二年级以上的理工科学生中挑选出了两百个学生，他们在学校学习期间的生活费用由分院供给，毕业后由我们统一分配。根据需要，还从这两百个学生中抽调一部分，不等毕业，直接送到中国科学院的著名研究所，由名师指导学习，我们称之为'拔青苗'。当年我们在川大理工科'拔青苗'，培养出了我们自己的学者和科学人才，取得了很大成就。现在，在川大文新学院设立文学奖，是希望川大除了在理工科方面有大建树外，也能在文科方面'培植青苗'，鼓励那些文科学子们追逐和实现自己的梦想。因此，也建议这个文学奖就不要用我的名字命名了，不如就叫'青苗文学奖'吧。"

对于马老如此良苦用心，在现场的阿来说："一个人最缅怀的一定是青春时代，马老把钱捐到学校，是一种对学生时代的纪念。另外包含了马老对青年人殷切的期望，希望文学引领大家奋发向上。我们应该向马老致敬！"

2020年7月5日，一百零六岁的马老在成都宣布封笔，并公布《封笔告白》。

他在给我的《封笔告白》中写道："我年已一百零六岁，老且朽矣，弄笔生涯早该封笔了，因此，拟趁我的新著《夜谭续记》出版并书赠文友之机，特录出概述我生平的近作传统诗五首，未计工拙，随赠书附赠求正，并郑重告白：从此封笔。"

读附赠的诗,我欲觉可以走近马老,可以看见他滚烫的文学情怀。

自　　述

生年不意百逾六,回首风云究何如。
壮岁曾磨三尺剑,老来苦恋半楼书。
文缘未了情无已,尽瘁终身心似初。
无悔无愧犹自在,我行我素幸识途。

自　　况

光阴"逝者如斯夫",往事非烟非露珠。
初志救亡钻科技,继随革命步新途。
三灾五难诩铁汉,九死一生铸钢骨。
"报到通知"或上路,悠然自适候召书。

自　　得

韶光恰似过隙驹,霜鬓雪顶景色殊。
近瞎近聋脑却好,能饭能走体如初。

砚田种字少收获，墨海挥毫多糊涂。
忽发钩沉稽古癖，说文解字读甲骨。

自　　珍

本是庸才不自量，鼓吹革命写文章。
呕心沥血百万字，黑字白纸一大筐。
敝帚自珍多出版，未交纸厂化成浆。
全皆真话无诳语，臧否任人评短长。

自　　惭

年逾百岁兮日薄山，蜡炬将烬兮滴红残。
本非江郎兮才怎尽，早该封笔兮复何憾。
忽为推举兮成"巨匠"，浮名浪得兮未自惭。
若得二岁兮天假我，百龄党庆兮曷能圆。

2020年10月11日，由中国作协指导，中国作协创作研究部、四川省作协、人民文学出版社和四川日报社联合主办的"马识途《夜谭续记》作品研讨会"举行。中国文联主席、中国作协主席铁凝出席。铁凝说:"革命者永远是年轻,现在,'年轻'的马老又出新作。《夜谭续记》这部小说,承续了《夜谭十记》的结构形式和美学风格,上卷'夜谭旧记'谈民间传说,品旧时人物,辛辣幽默,让人们一览旧社会的荒唐可憎;下卷'夜谭新记'调子为之一变,让人蓦然想起《清江壮歌》的阔大豪迈,感动于革命者的铮铮铁骨、浩然正气。"

铁凝认为:"马识途的创作,是地方的、四川的故事,是精彩的中国故事;是世道人心的精湛刻画,是中国精神的有力表达;他的风格源于民间、来自传统,在创造性转化和创新性发展中建构出具有现代气息和中国气派的艺术空间。马识途的文学道路对新时代的中国文学提供了多角度的经验和启示,应该深入地探讨和总结。"她号召广大文学工作者向马识途学习,"像他那样,以执着的信念、丰沛的热情和不懈的创造,成为无愧于时代和人民的革命者和写作者"。

六

2021年1月13日上午10点钟,我如约敲开了马老的门。门庭正对着马老的卧室,进门便见卧室里的马老正坐在临窗的书桌前,浏览着面前的电脑。听到我来了,马老回过头,慢慢站起来,绕过身后的座椅,自己向客厅走去,并示意我到客厅坐。不用人搀扶,没拄拐杖,很难让人相信这是一位一百零七岁、两患癌症的老人。他拉过一把椅子,让我靠近他坐下。我说:"祝马老第一百零七个新年好!新年已来春节未到,我有点迫不及待地想见您了。"

"很多人打电话要来,我没让他们来。让你来,不是让你给我拜寿,是想让你春节前开会时,代我向作家们问好!我年龄大了,不方便和作家们见面,你代我祝福他们新年好。我还要给大家送'福'!"

此时,我才看见面前摆着的那个红斗方。右上角是几个小字,"牛年向全省作家拜年并祈",中间一个大大的笔力遒劲的"福",落款是"百〇七岁马识途"。

他说，还要写一副对联问候大家，"春节前你一起转给作家们"。

我说："感谢马老，大家也很惦记您。一定转告您的亲切慰问。"

"今年7月1日是党的百岁生日，我去年跟你说希望看到共产党百岁生日，不知道能不能赶上？"

我说："肯定没问题，咱们作协安排了不少建党百年的活动，到时候还得请您参加。"

然后他有点严肃地和我说："我还有个愿望，今年中国作协应该会召开第十次全国代表大会，但我不知道什么时候开，你帮我打听一下，我想去北京参加，去和大家告个别。"

"咱们一定去，但不是告别，我还得陪您参加第十一次呢。"我一边说一边拉起了老人的手。

此时，他的脸上绽放出孩童般灿烂的笑容。

他又愉快地告诉我，近来正在整理在西南联大学习时对甲骨文研究的笔记，也在搞书法创作，为在故乡重庆举办书法展做些准备。他说，他已经是一个"随时准备离开的人",很难跟上时代了,但活一天就会把该留的留下来。

我把这次看望马老的感受用短信方式告诉了铁凝主席,她回我:"志明书记好,短信收到,为马老的精气神感到特别喜悦!我在党校学习,方便时请代我问候马老:他老人家的健康总让我们感到温暖和吉祥!"

2021年6月19日,"魂系中华——马识途书法展"由四川省文联、四川省作协、重庆市文联、重庆市作协联合主办,主办地是在他的老家重庆。此次书展集中展示了马老精心创作的一百零七幅书法作品。为了迎接党的生日,他精心创作了《满江红·中国共产党成立百周年志庆》:"建党百年,航指向,千秋伟业。回首望,几多苦战,艰辛岁月。十亿神州全脱贫,万亿超百真奇绝。应记取,环视犹眈眈,金瓯缺。　定方向,划长策,大开放,深改革。肃党风政纪,更当严格。船到中流浪更高,登山半道须防跌。十回忆,奋勇齐前行,尽豪杰!"

马老还写下了"身老江湖仍矢忠,心存魏阙常思国""百年苦战千秋业,全民奋斗万代兴""强国富民待后贤,开疆建党仰先彦"等为庆祝建党百年而创作的作品。从作品内容可以看出一位有着八十三年党龄的老党员的拳拳爱国之心、真挚爱党之情。

马老原本计划出席,但由于年事已高,路途颠簸,在专业医生的建议下,选择留在成都家中。但马老心系展览,时刻关注着展览的情况。他还委托开幕式现场主持人代他念出一份告白。他在告白中写道:

> 重庆是我的老家,在重庆举办我个人书法展,这是我百岁后的一个心愿。承蒙四川省文联、作协,重庆市文联、作协与诗婢家合作,在建党百年之际,为我在重庆举办书法展和召开我的书法作品研讨会,对此,我很感动并表示深深的谢意。我本欲前往重庆参加书法展和研讨会的,但近来疫情突起变化,而我一因高龄二因身患肺癌正在治疗,不能注射新冠疫苗,让本就免疫力不强的身体更少了一层保护,所以我不得不非常遗憾地打消亲自前往重庆的念头,只能派我的女儿马万梅代表我参加这个活动了。恳请各位领导、文艺行家予以谅解,

我不胜感激之至。

马老还委托女儿马万梅、侄儿马万信在现场向主办方赠送了他的书法作品。

2021年12月14日,中国作家协会第十次全国代表大会在北京召开,四川代表团共有三十三名代表赴京参会,马老本是其中一员,在这之前他整整参加了九届。但几经考虑身体情况,他最后决定留在成都。为此,马老写下一首《调寄沁园春》,向第十次全国作代会开幕致贺:

齐放百花,争鸣百家,盛会空前。看俊男秀女,京城雅聚,老凤新雏,合唱竞艳。佳作迭出,巨著连篇,艺术高峰竞登先。抬头望,见英才辈出,名流惊羡。

今临巨变百年,正"敢教日月换新天"。应歌颂时代,表彰英雄,弘扬正能,唱响主旋。人民为本,创新是显,领袖谆训岂等闲。作家们,快亮屏飞笔,喜迎新春。

同时，他还给铁凝主席写了一封信让我转交。信是这样写的——

铁凝主席如晤：

　　不久前，您来成都，我们见面，我曾誓言要参加第十次全国作代会，向作家们告别。谁知恶疾把我挡在代表团外，不能来参加了，我感到终生遗憾。我忽然想起我说过"在我的生活字典里从来没有'投降'两个字"，于是奋然而起，雕章酌句，创作一首《调寄沁园春》词，以作纪念。仓促之作，或有失律，聊表心意而已。现特另纸录呈，希予斧正。又，张宏森书记见我拙作，竟亲打电话给我，嘉谕之情不胜感激。请代我表示感谢。不另。

　　大会开幕在即，我敬祝百事顺利，敬致文安！

马识途

2021年12月9日（"一二·九"纪念日）

2022年1月4日，马老再捐五十万元。至此，马老通过书法义卖所得捐给"马识途文学奖"的金额已达三百八十六万元。

2022年5月13日上午，第八届"马识途文学奖"颁奖典礼暨《马识途西南联大甲骨文笔记》学术研讨会在四川大学文学与新闻学院举行，与会专家对作品给予了高度评价。

2024年1月12日，我和阿来陪同省委常委郑莉同志再来看望马老并送上了中国作协致马老的一百一十岁华诞贺信。前几次来，我虽然也是"翻译"，但只是把他人说的话在马老耳边大声重复一遍。可是这次，我必须写在纸上，放在放大镜下，让他看。他的听力、视力、表达力，确实大不如从前。写字，虽然笔力依然沉稳雄健，但下笔后基本要一笔完成，否则不能保证成行。可即使在这样困难的情况下，他仍然写下大大的"福"和"寿"两个字，以此祝福所有的人。

中国作家协会的信是这样写的——

尊敬的马识途先生：

今逢您一百一十岁华诞，冬寒已去，春风将临。先生风华依旧，令人欣慰。在此，谨向您致以崇高的敬意和热烈的祝贺，向家属致以亲切的问候！

先生幼年习文，文思卓绝。求学期间就开始了文学创作，让文学的种子在人生的道路上慢慢发芽。在求学路上，山河破碎、国家板荡，先生以傲人之姿投身革命。敌后，先生的身影是向前的指引；办刊，先生的文字是光明的方向；写作，更是先生一生不绝的成就。

先生爱国、进步，将对真理的追求融入自身文学创作中，先为革命前辈，再成文坛大家。先生文采华章，为人刚正厚重，做事沉稳有节，创作成果丰厚。《清江壮歌》中鄂西风情的秀美壮丽和地下党员的不屈精神让读者无法释怀；《夜谭十记》所展示的社会百态、奇人异事、荒诞传奇令读者爱不释手。

时光流云，先生没有停止创作的脚步，我们欣喜地看到先生作品一部部面世。期颐之寿，先生的作品，令人倾慕；先生的精神，如清风拂过，恩泽后学。

　　我们把最亲切美好的祝愿献给先生，愿您永远洋溢着幸福的光彩，愿您每一天的生活安宁丰盈、溢彩流光！

中国作家协会
2024 年 1 月 10 日

　　那天，马老很精神。

　　但，这居然是我最后一次见到马老。

　　当我一次次走近并倾听这位老人的时候，他在我的心中也逐渐清晰地定格为一位"望之俨然，即之也温，听其言也厉"的君子，定格为一位忠诚信仰、爱人利物、生命不息、战斗不止的战士。

七

马老的离去无疑是文学界的重大损失。

就在马老离去的两三个月前,我接到了何向阳先生给我布置的访谈马老的任务。这是一件我非常愿意做的事,因为我和马老有这么多年的交往,敬重马老、爱马老。但我深知这是一件难度相当大的事。第一,虽然我和马老交往很多,实际上真正的对话并不多,因为他毕竟已是年过百岁的老人,我们不忍心占用他太多时间耗费他太多的精气神;第二,他的听力严重下降,相互间说话必须借助扩音器,后来更要借助纸笔放大镜这些工具完成;第三,最大的问题是我和马老的思想的差距,差距太大如何对话?但是,这个任务又是这样光荣而伟大,又是这样具有重大意义,我抱定决心必须完成好。但就在这时,他却突然离我们而去。在他去世后,虽然我觉得难度更大了,但也觉得更有必要去做了。于是,我想到了我的两位朋友,一位是张旻昉,另一位是刘晓远,我们本来也是因为马老相识,他们是研究马老的专家。这件事很快就启动了。现在呈现的这本书主要靠的是他们两人的力量，否则是完不成的。而且，也不是完全意义上的对话，只能是把我们过去谈过的一些话题再次提出来，一方面回忆他对这些问题发表的观点，另一方面更主要的是在他汗牛充栋的著作里寻找答案。这个过程是非常艰苦的，但也是有重大发现和收获的，也因此是十分愉快的。这也是这本书为什么和其他书不一样的原因。

这也是必须放在前面的话。

目 录

001_ 一、马识途是如何成为一个革命文学作家的?
029_ 二、马识途的中国作风和中国气派是什么?
075_ 三、马识途式的幽默与讽刺
096_ 四、马识途首倡的科学文艺是什么?
111_ 五、马识途眼里新时代的文学与青年
175_ 六、马识途谈书法与川剧
189_ 附录 十龄记

一、马识途是如何成为一个革命文学作家的？

作者："革命"是马老文学创作最鲜明的标签，也是马老对自身文学创作感到最为自豪之处：用文学为革命呐喊。与一般革命文艺家相比，马老首先是一个革命家，进而成为一个文学家，马老常说自己是一个职业革命家，但却是业余作家，是不无道理的。

对于"革命"这个关键词，马老一直有着自己的理解，并将之贯穿于自己文学创作的始终，从1935年在叶圣陶主编的《中学生》杂志发表文章《万县》到1959年为《四川文学》创作新中国成立后的第一篇文章《老三姐》，马老的文学创作有一个从学生到职业革命家再到"长胡子的文艺新兵"业余作家的过程。马老的早期作品主要以诗歌为主,兼及小说、杂文,作品内容主要以抗战和大后方的社会现实为主,主要从西方小说以及中国古典小说和传奇中汲取营养,学习那些继承了中国小说的传统的民间艺人,将之所长融入作品中,用摆蜀中龙门阵的方法创作作品。此后,随着新中国成立,马老逐渐从一个业余作家过渡到革命作家,越来越明确自己所追求的"中国老百姓所喜闻乐见的中国作风、中国气派"的风格,并将创作焦点集中到了自己的革命生涯。革命既是马老工作和生活的主要内容,同时也是马老创作的来源与基础,也是其最具标志性的个人风格之一。关于这方面的内容马老在不同时期不同场合多次谈到过。

马识途: 我本来不叫马识途。这是我在青年时代加入共产党时,我认为我终于找到自己的道路,才改成这个名字的。取义当然就是你说的本于春秋时代的那个老马识途的故事。然而却和你的"另一种猜度",什么认识了"只有马克思主义,才能引导中国走上繁荣富强之路"毫不相干,那时我的觉悟还没有那么高呢。同时也还因为我从读中学开始,便显得有点老气横秋的样子,同学们便一直呼我为老马,于是顺理成章地自号识途，不过直到入党没有正式使用罢了。

在那国弱民穷、内乱不已、列强凌辱、眼见有亡国灭种之祸的时代，凡是有血性的中华青年都在寻找救国救民之道，那时，"只有共产党才能救中国"，是进步青年的共识，于是进步青年把延安当作圣地，把参加共产党作为自己最神圣的追求。如果有幸在考验之后被接纳为共产党员，当然认为是终于找到了自己的道路了。我也正是如此，所以入党后自认为找到了自己的道路，于是自号识途。

但是在我入党后五十几年的革命和建设斗争过程中，我才认识到，找到了道路，不一定就认识了道路，自以为识途，却不一定真正识了途。识途，走革命的路，那只是自己主观的动机和愿望。要真正识清道路，却还要靠自己艰难的反复的革命实践，只有在实践中才能使自己从不识途变成识途。只有在不断的失败和挫折中，不断总结经验教训，才能少犯错误，求得真知，最后直到识途。而且在这一件事情上识途了，在另外一件事情上又不识途了，在今天识途了，在新的明天又不识途了。不识途—识途—又不识途—再识途，往复不已，这就是识途的辩证法。（《识途的辩证及品茶之道》，1994年1月3日）

作者：马老的一生是革命的一生，马老是怎么走上革命道路的？这是很多读者关心的问题，而这个问题，马老在《我是怎么走上革命道路的》的一文中做了详细回答。

马识途：要问中国二十世纪三四十年代，我和一大批青年怎么走上革命道路的，可以用很简明的两个字回答，那就是："救国！"也就是祖国要灭亡了，一切有血性的中国青年，无论贫富贵贱、知识深浅，都要立起挽救祖国于灭亡……大量有觉悟的青年都心向共产党，奔赴抗日救国的红旗下，以身许国，不计生死。这就是我们那时的青年普遍的人生观和世界观，走上救国的革命道路。

我在党旗面前庄严宣誓：服从党的决定，遵守党的纪律，保守党的秘密，永远不背叛党，为中国的民族解放和社会解放而奋斗。同时，我把我的名字改成了"马识途"，我认为我终于找到了我的人生道路。

因为我的工作积极努力，钱瑛大姐找我谈话，问我愿不愿意做"职业革命家"。钱大姐告诉我，所谓"职业革命家"，是我们党在白区工作中最重要的组成部分。从事这个以革命为职业的党员必须隐姓埋名，担负起地下党各级领导机构中的重要工作，因为重要，所以也是最危险的。因此，从事党的秘密工作的地下党员，必须是对党最忠诚最坚定的革命家，必须随时要准备为革命牺牲自己的一切以至生命，决不容许自首叛变。钱大姐问我有没有为党牺牲的决心，我毫不犹豫地答应了，我晓得我从今后将要走上一个很危险也很光荣的岗位。

新中国成立后，地下党走到了地上，我的职业革命家生涯也结束了，然而为了国家的强大，为了人民过上好日子，我一如既往尽心竭力地工作，无论是在组织、宣传、基建、科学还有文化方面，都是如此。我没有忘记我参加革命时的初心，没有忘记作为一个共产党员的使命，检点平生，可以说是无悔无愧了。（《我是怎么走上革命道路的》，2019年6月18日）

作者： 从革命之路上又走到文学之路上，对于马老来说是一种必然，而且这根本就是一条路，不是两条路。就是一条革命之路，在这条路上，有的人用的是枪，有的人用的是笔，有的人可能用的是手术刀，只是手中的武器不同而已，路却只有一条。马老的第一部作品也充分印证了这一观点。在马老看来，革命需要文学，文学就是革命。也许正是因为有"革命第一"这样的认识，马老认为自己"不能算是一个出色的作家，虽然写了一大堆作品"。这当然是马老的谦虚。

马识途：我要表彰那些把他们的鲜血洒向红旗，使我们的红旗变得更为鲜艳的革命先烈和鞠躬尽瘁、死而后已的革命先辈，我为什么不写？

我要刻画那些为了保卫和建设我们美丽的祖国而英勇献身，那些甘心把自己化为一把土、一块砖埋进社会主义大厦的基础里去的平凡而伟大的普通劳动者，我为什么不写？（《信念》，《人民文学》，1977年10月）

有人问我是怎样走上文学之路的，我想，我必须首先回答，我是怎样走上革命之路的。因为我的作品，就是走上革命之路的生活的反映。我走上文学道路有相当的偶然性，而因为我有革命的决心和革命的经历，所以有了可写的东西。从这里我悟出一个道理：一个作家首先要解决一个做人与作文的问题。不解决做什么人的问题，而一心去追求当作家，扬名声，我看是不行的，至少在我是不行的。（《在四川省作家协会举办的文学讲习班上的讲话》，1981年12月12日）

二十世纪三十年代到四十年代，我甚至还写过真正的文艺作品发表过，还和光未然一起办过文学刊物，其实也只是为了鼓动革命。我那时想到的就是革命、革命，面对的就是生与死的搏斗，血与火的战争。我为胜利而欢歌，我为失败而痛苦，我为敌人的疯狂镇压而切齿痛恨，我为战友的惨烈牺牲而放声痛哭。我以能和人民吃一样粗粝的饭、没盐味的菜羹，和他们长一样的疥疮，打一样的摆子，滚一样的草荐，生一样的虱子而感到欣慰。我也和他们吸着一样辛辣的叶子烟，在星光下的池塘边、晒坝上或土地庙前摆谈奇闻怪事，诉说希望和梦想，为和他们分享一样的困苦和灾难而感到幸福。就是这样，年复一年，这些人物和事件都慢慢地沉落进我的记忆的底层，逐渐变成思想的矿藏。而新的斗争、新的人物和事件又涌到我的面前来，我又投身新的斗争洪流中去了。

我不再把写作当成一种应付交卷的苦差事，而变成一种冲动，一种权利，一种废寝忘食也甘之如饴的快乐，一种神圣的革命责任感了。

当时，我到底不是一个专业作家，我不可能抽出更多的时间来学习文学知识，研究创作经验，很难精心锤炼，拿出很有分量的作品来。而且我也量定了自己这个"半路出家"人的本事，不过能写一点比回忆录稍微精彩一点的故事罢了。但是这只要能对青年进行革命传统教育发挥作用，只要能达到这样一个目的，我也就心满意足了，便算完成了自己的历史使命。(《我怎样写起小说来的》，1983年)

要问我的第一篇作品是什么，我应该毫不犹疑地回答：《老三姐》。可是要问我怎样走上文学创作道路的，我却毫不犹疑地回答：革命。我没有走上革命之路，我也就不可能走上文学之路。要做一个革命的作家吗？首先去做一个革命家吧，投身到革命现实的洪流中去，到人民改善自己的命运而奋斗的现实生活中去吧。别人怎样，我不知道，我的实践告诉我的就是这样。因此我毫不犹疑地说，我的第一个作品是：革命。(《我的第一个作品：革命》，原载《我的第一个作品》，浙江人民出版社，1985年)

我是半路出家的作家，不能算是一个出色的作家，虽然写了一大堆作品，却都是利用公余之暇或开夜车写的，比较粗疏，无足称述。但是我可以大言不惭地说，我曾经参加过中国革命，也许算是一个革命家，那时候叫作"职业革命家"，因此我写的作品，如果可以叫作文学作品的话，那算是革命文学作品吧。我是想用我的一支拙笔，从一个侧面来反映中国人民的革命斗争生活，表现他们在外受列强侵略、内遭专制压迫的极其困难恶劣的环境中，仍能保持中华民族精神，前仆后继，英勇斗争的革命事迹；让某些号称要"淡化革命，颠覆英雄，否定崇高"的作家知道，中国的确经历了一场伟大的人民革命，的确出现过许多民族英雄，世界上的确有崇高的事业。这样的民族精神，这样的崇高英雄和他们所从事的神圣事业，是中国人民永远不应该忘记的。

  我的作品，坚持我所追求的"为中国老百姓所喜闻乐见的中国作风和中国气派"，就是很不时兴的大众文学。我就是要追求民族的形式、生动的形象、跌宕的情节、通俗的语言，以便凡夫俗子、引车卖浆者流也可以从中得到一点艺术享受，受到一点启发。就是读了便扔掉也罢。我的作品大概难以进入不朽的缪斯殿堂，去博得高雅的欣赏。我绝不为此而感到羞愧。我从来不想追求不朽，也不相信世上有永远不朽的东西。我乐意于让其速朽，让更新更好的作品来代替，发挥更好的作用。

（《马识途文集·自序》，2004年9月6日）

  抗日战争时期，我曾在西南联大（由北京大学、清华大学、南开大学合组而成）中文系毕业，在那里曾经在许多文学名家的指点下，受过文学创作的科班训练。但是我是一个从事革命职业活动的人，解放前忙于血与火的地下斗争，解放后忙于繁重的行政工作，不容许我和文字结缘，也没有当作家的愿望。可以说是在一个很偶然的机会，我被中国作协的领导和《人民文学》、人民文学出版社硬拉进文学圈里来，发表了一些作品，被吸收成为会员的。如果不是这样，也许我的人生道路会是另外一个样子，也许我根本不会和文学结上善缘，以至在我的头上戴上作家这顶光荣的桂冠，或者更准确地说，戴上这顶扎人的荆冠的。

回来后四川作协的同志特别是沙汀一个劲地鼓动我写作品，并且转来作协书记处决定吸收我为作协会员的通知书。这一下真的把我和作协套牢，成为中国作家了。于是我连续在《人民文学》和其他文学刊物上发表了一些小说，不仅写革命斗争故事，而且接触当代生活，写起大家都怕写的讽刺小说来。头一篇《最有办法的人》就发在《人民文学》上，很受以讽刺剧见长的陈白尘的鼓励，给我写信，说到引起茅盾的注意，说是解放后最缺的就是讽刺小说，现在开始有了。

这样一来，我真的有点飘飘然也有点昏昏然起来。我由起初被《人民文学》编辑部强拉我写小说转变成为我主动要写小说了,至少有意要做一个业余作家了。我几乎把我所有的从政之余的时间都利用起来写作品。

在这以前,我前后出版了几部长篇小说,如《巴蜀女杰》《京华夜谭》《魔窟十年》等,这都是写革命英雄人物的。但是我感觉我动用我的生活积累最多、酝酿时间最长、写作最下功夫的还是《巴山风云》这部长篇。其中许多人物的原型就是我的战友,一些参加革命的贫苦人,他们的一言一行、声音笑貌,都在我的记忆中。那些传奇般的遭遇和惊险斗争,也是我从未经历过的。他们在共产党的领导下,前仆后继,英勇斗争了二三十年,终于迎来了革命的胜利。我一定要把他们的事迹写出来。他们和那些牺牲了的先烈,常常在睡梦中来拜访我,呼吁他们在作品中出生的权利。(《我的文学生涯》,2004年)

作者:革命文学作家是马老给自己贴上的一个标识,这个标识是和马老一生革命不止分不开的,当然,在不同时期,马老对革命的认识是有不同的。

马识途:我历来主张想当作家的青年同志们,最好先不要想当作家,你最好先做一个革命家、一个事业家、一个各方面工作的实践者,认真地去和人民一道革命、建设和斗争。这样时间久了,你积累的比较丰富了,以至于那些生活和人物,在你的脑子里酝酿得非常成熟了,那些人物在你的脑子里非常活跃了,你睡觉、走路,他们都会跑到你的脑子里来,要求你把他们写出来。而且你看的不是一个人而是许多人,你看的不是一件事而是许多事。这许多人、许多事在你脑子里逐渐集中概括,形成典型的人物、典型的环境、典型的事件。而且你又有了极大的创作冲动,你非写它不可,不写你感到十分难受,并且晚上你的那些人物老是来你梦中催促你,叫你非写不可。在这个时候,我看你提起笔来写,一定能写得出来,而且可以写好。当然不一定写出来你就是作家了。我想,你在这个时候,也不一定要求成为作家。你把它写出来,可以感染人,对人们起一定的教育作用,那么你就完成了任务了。这个时候,你仍然只是一个作者,还不一定是一个作家,你仍然要到生活中长期生活,不断积累,当又积累到一定的程度,得到许多的东西,于是乎在一种偶然的机会和某一种外在的感受、一种激动、一种联想,促进你又动起笔来。这样在社会生活和实践中,不断经历"长期积累,偶然得之"的过程。慢慢地,你创作得多了,发表得多了,产生了某些好的影响,为社会和文学界所承认,有朝一日,你也许就真的成为作家了。

当然,我这里所说的只是一个革命作家的发展过程。有人认为,我并不一定非要当革命作家不可。我就是从我自己阅读的书本里头和我自己亲身的经历里面,取得灵感,就可以写出作品来;我不必有社会生活,我只要做自我内省,自我观照,把我的思想情绪写出来,表现自我,也就可以写出好的作品来;甚至我可以住在自己封闭的小圈子里,不是象牙之塔,而是蜗壳,凭我自己的天才脑子,冥思苦想,参照外国的某些作品,结合自己的想当然的见闻,也就可以写出作品来。也许这样也可以写出作品来吧,外国就有这样的作家。然而,我觉得这样的作家,对于我们中国的改革和"四化"建设,不一定是很有用处的。我们还是鼓励我们的青年不当作家则已,要当作家,最好不要去当亭子间里的作家、象牙塔里的作家,或不食人间烟火、远离社会和政治的"独立作家"。总之,我历来有个看法:想当作家的人,最好先不要想当作家,先去做一个切切实实的劳动家、一个切切实实的事业家。你当了作家了,最好不要急忙去当一个专业作家,还是当一个业余作家的好。因为业余作家没有离开自己的生活基地,和群众生活更密切。这样对你的创作大有好处。如果你真的当了专业作家了,最好不要脱离你自己的生活基地,长期在你生活的基地里生活下去,进行研究、观察、体验、认识和评价生活,认真地进行创作。

也许是我个人的一种狭隘经验吧。说实在的,我从来没有想要做一个作家,但是我是喜欢文学的,而且在读中学的时候,已经开始在某些杂志、报屁股上发表一些小文章,以后在大学时还和大家一起办过文学刊物,但从来没想到我要当作家。相反的,我学的是工科。那个时候的青年,就是想用工业救国,但是我学了一阵子,感觉到工业救国,这仅仅是知识分子的一种幻想,自己开始注意社会上的各种各样的事情,而且投身于"一二·九"学生运动中去。从此,我就参加到革命运动中去,并且入了党。从此,我就在天南地北,到处奔走,再也没有想到写文章,更没有想到当作家。有时候我也写一点东西,那仅仅是作为工作的需要,写了就完了,并没有把它当作作品来看待。当时,我确实经历了各种各样复杂的生活和斗争,和各种各样的人物有所接触,看到了许多千奇百怪的事情。这些东西都给我留下了很深刻的印象，逐渐地在我的脑子里积累起来，慢慢地形成素材。但是我并没有打算把这些素材加以利用，写成作品。一直到新中国成立后，工作就更忙了，更没有机会来写文章。可以说是一个偶然的机会，我写了一点纪念性的回忆过去革命斗争的作品，在刊物上发表，结果被《人民文学》《解放军文艺》《四川文学》和出版社的同志发现了，就要求我把过去的革命斗争生活写出来。当时我也没有想要当一个作家，仅仅听说用这些作品来教育青年一代有作用，心想既然是对革命有作用，那么我就写吧。我就是这样走上文学创作道路的。也许正因为这样，我就有了一种偏见：我以为要当一个革命作家，最主要的是自己先要是一个革命家。鲁迅也说过同样的话，要写革命文，你可是一个革命人？我觉得我的写作技巧，说实在的并不高明。但由于我的生活底子比较厚，所以写出来的作品，有些读者还觉得有点意思，于是要求我写，我便写起来了。

　　我是乐意做革命马前卒的，我乐意用文学为人民服务，为他们歌颂，为他们呐喊，为他们呼吁，只要是人民喜闻乐见的，哪怕多么低级，多么缺乏抽象的"美"和"人性"，我也乐意写。因为人民需要的就是我们要写的。那些脱离政治、脱离人民斗争的所谓高级的美文学，诚然在文学欣赏上也不失有一定的审美价值，但是如果只是在一个小圈子里为少数人看了一唱三叹，击节激赏，而大多数人民却并不想从这些为艺术而艺术的"精品"中去吸取精神力量，鼓舞斗志，就不能说是很好的社会主义文学，甚至也算不得是很好的文学。很好的文学总是作为时代精神的反映，作为历史的形象记录，作为人民的心声而流传久远的。（《在四川省青年文学创作会议闭幕式上的讲话》，1983年8月27日）

在我国历史的过程中，作家们用现实主义这个有力的武器参加革命斗争，在那种情况下，不得不赋予它较多的政治主题和政治色彩，要发挥宣传和号角的作用。这就是恩格斯说的"历史的内容"。这是任何一个时代的文学家难以逃避的历史的责任感。但是如果要求太多太切，只强调其宣传教育的作用，而忽视其审美的功能和娱乐的作用，以至于损害了文学本质特征的审美特性，必然出现违反文学创作规律的概念化、公式化，图解政策和标语口号式的作品，这既害了文学，也达不到宣传教育的作用。（《也说现实主义》，1991年9月21日）

我写的革命历史题材作品,常被人称为"传奇",其实那些细节是我从革命斗争生活中提取的,并非我为了"传奇"而编造的。一个作品如果没有生动的形象和精彩的细节,还有什么感人的力量?(《在四川作家协会农村题材创作座谈会上的总结》,1992年)

年过九十,衰老紧逼,癌魔威胁,没有能够阻止我写出这本记录我的二十年(1931—1950)生活足迹的《风雨人生》。

这二十年,是我一生中最富色彩的二十年。这二十年,是决定中国之命运,灭亡或者新生的二十年。这二十年,是中国人民从列强的压迫与奴役、血泪与死亡中奋起抗争,前仆后继,终于走向自我解放的二十年。我写这本书,是想以一个人的经历,从一个侧面,反映一个不平凡的时代。我写这本书,是想以之纪念那些和我一块儿战斗、英勇牺牲的战友和亲人。我写这本书,是想告诉新时代的人们,我们老一辈人,那时候就是这么干的。我写这本书,是想让现在过着幸福生活的人们,不要忘记过去。没有过去就没有现在,更没有将来。

我写这本书,更想告诉后来人,多难兴邦,新中国来之不易,必须百倍努力地建设它,必须千倍努力地保卫它。兴之所

至,再写一首七言绝句,以抒我怀:

    疾风暴雨说人生,
    衣有征尘夹血痕。
    多难兴邦须记取,
    中华复兴望来人。

(《〈风雨人生〉后记——并非多余的话》,2004年6月14日)

    二十世纪在中国曾经发生过一场伟大的革命,中国人民推翻了压在自己头上的"三座大山",建立了人民的新中国。我有幸参加了那场革命斗争,曾经经历过革命的胜利与失败、欢乐与痛苦,曾亲见过许多革命先烈的英勇斗争和慷慨牺牲。我既然有机会拿起笔来,就有义务反映这场惊心动魄、威武雄壮的革命斗争和那些革命英雄的可歌可泣的事迹。因此我可以大言不惭地说,我曾经参加过革命,可以说是一个革命家,所以我写的作品也可以说是革命文学作品。即使革命文学似乎要被挤出市场,淡出文坛,我也不会因为这样说而自惭形秽。我感到遗憾的只是我的这支拙笔,没有把那场波澜壮阔的革命斗争反映于万一;我更感到遗憾的是,在中国的文学家似乎还没有创作出足够多的反映那场革命斗争的作品,更少经得起历史淘洗的传世之作时,革命文学便似乎已经"背时"了。为中国老百姓喜闻乐见的中国作风中国气派的革命大众文学似乎已经上不了档次,赶不上潮流,合该消沉,以致退出文坛。而那种为钱袋所诱发的低俗化作品和背离"三贴近"、日益私人写作的贵族化作品却大发利市。为此,我多少感到悲哀。那种"文学要淡出政治,告别革命,没有使命,无须责任,躲避崇高,反对价值,回到本体"的理论,一时甚嚣尘上。对此,我感到惶惑。至于那种歪曲革命历史,戏说红色经典,把革命英雄拿来开涮的现象,更令我感到愤怒。有的甚至把那场充满血泪的革命斗争描写得那么轻巧,似乎比住在高级宾馆里品着咖啡、卿卿我我地闲侃还有趣。这样的作品竟大摇大摆地走进书市,搬上屏幕。这些虽然只是一时的局部的现象,我仍不免戚然心忧。

我的革命文学作品现在被印出来,其命运如何,我不得而知。如果对世道人心能起一点作用,我将引以为荣。如果被认为这样的革命文学不值一顾,这不过是一个日薄西山的老革命企图在黯淡的晚霞中撑起一片余晖的回光返照而已,不久便会销声匿迹。果然如此,还不如趁早让它到造纸厂去实现它的最后价值呢。(《马识途创作七十周年暨〈马识途文集〉出版座谈会答谢词》,2005年5月30日)

我曾经说过,我是很偶然地被拉进文坛的,我可以自豪地说我是一个当之无愧的革命家,然而我却不是一个写出了传世之作够受奖资格的作家,其实我不过是一个游离于政坛与文坛之间的业余作家。我尽可能地挤出业余时间写了一大堆文学作品,其动机是受了一些文学前辈的鼓舞,想为宣传革命多作一份工作而已。因此我自许为"革命文学作家"。

虽然这样的革命文学不足以登缪斯的大雅殿堂,然而我不自惭,也不后悔。虽然我有愧于获得"终身成就奖",但我不自惭于内心,我毕竟为歌颂人民革命尽了自己的微薄之力。我感到遗憾的只是因为客观条件的限制,让我最终没能写出真正的传世之作。

在我生活过的一百年里,中国发生了多少翻天覆地的变化啊!中国人民为争取自由民主而进行的革命是那么悲壮,又是那么绚丽。多少慷慨悲歌之士,多少壮烈牺牲之人;多么荒谬绝伦的奇事怪事，多么惊天动地的奇人怪人，这些都是非常丰富的文学素材，而我却没能写出它于万一。我虽为革命文学作家，却没有把革命文学写好。特别是那些曾和我一同战斗、慷慨牺牲的朋友亲人，他们的形象在我的脑海里是那么栩栩如生，他们常常到我的梦中来呼吁他们再生的权利，然而我却无能为力，我感到惭愧、痛惜和悲伤。我有什么资格获得"终身成就奖"？我有的只是终身遗憾！（《终身成就与终身遗憾》，2014年9月1日）

作者： 在不同的时期，文艺也有着不同的功能性意义。好的文艺创作就需要自觉关注时代，把握时代特征。在抗日战争及解放战争时期，动员人民、凝聚人心，鼓舞老百姓的文艺就是正视时代需要、把握时代精神并顺应时代的革命文艺。马老的作品便植根于生活，无论是诗歌、小说还是杂文、散文，都取材于当时真实的现实生活，镌刻着时代的特征，具有鲜明的现实主义色彩。马老有着对革命斗争生活的真切感受和亲身体验，也始终用饱含真挚又深沉的革命情感去书写革命故事，因此马老的作品总是有着激动人心的力量。马老对自己的写作有十分明确的要求，那就是写有革命传统、教育意义的作品。这除了和马老的经历有关外,还与什么因素有关?马老为什么要这么做?

马识途: 我的作品也决不追求一般市井说书的庸俗的滑稽,或无聊的插科打诨,也不仅仅是为了满足酒醉饭饱的人拿来作为百无聊赖的消遣。我的作品还总是包含一种政治思想倾向,一种革命传统教育的。我追求的不是像一般的市井通俗小说那样,反正看的人多就行了。(《谈国统区的抗战文学——兼说读陈文的小说〈深情〉后》)

我想文学至少应该满足人们的艺术享受,从而得到性灵的愉悦、灵魂的净化吧,就是那些纯然只起感官娱乐作用的作品,也不应该毒化人们的心灵,也就是说寓教于乐,要起点潜移默化的作用,有点从精神上"把人提升起来的东西"吧。

我一直是写革命历史题材小说的,除开缅怀和纪念革命先烈外,也有想起一点革命传统教育作用的意思,我是为此而写作的,也是因此而进入到作家行列的。过去写过一些作品,如《清江壮歌》,前后两次都印了三十万册。《夜谭十记》开印就是二十万册,因此起过一点教育作用。革命历史题材的作品,我还有许多可写的。(《且说我追求的风格》,《当代文坛》,

1985年第1期）

中国的现代文学从一出现就是和中华民族的解放斗争联结在一起的。因此它总是较多地表现人民的斗争生活。作家总是和人民血肉相连，和人民同生死、共命运。我国现代的文学总是以为人民服务作为明确的目的，而现在还为社会主义服务。这是一切有良心的中国作家自觉地这么做的，因为他们从自己切身体会中知道，离开了人民的解放斗争，就没有作家的存在，更说不上创作，即使创作了，也不为广大人民所欢迎。我国的作品总是以能反映人民斗争而又反过来推动人民的斗争为荣。我们总是把作品当作精神食粮和思想武器来看待的，这是中国的历史发展所决定的，不以作家的主观意志为转移。我们并不想要求别国的作家和我们有同样的看法，但是我们希望别国的作家能够历史唯物主义地看待我们。（《在南斯拉夫国际作家会议上发言》，1982年10月）

作者：《红岩》是一部现实主义作品，一部革命传统小说，现实主义、革命传统在文学百花园里应该处于什么位置？

马识途：我在这里只想说，在现代文艺理论园地里，让现实主义占有一席之地，和各种新潮理论实行百家争鸣吧，让革命传统小说在文学百花园里占有一角，和新潮小说实行百花齐放吧。我还想说，依我看来，从革命的功利出发，现在如果要在群众中加强思想政治工作的话，应该大力提倡革命传统教育，应该鼓励写作像《红岩》这样的小说，相应地应该宣传毛泽东文艺思想，提倡革命现实主义的创作方法。当然，我同时还想说，现实主义不能故步自封，必须改进和发展，必须吸收一切新的思想和表现手法。革命传统小说恐怕也不能老调重弹，在主题的选择、人物的塑造、表现的手法上，要力求创新，克服过去的一些缺点。

我始终认为，用中国历史上无数先烈英勇斗争的可歌可泣的事迹，来教育我们的人民，是至关重要的，是现代文艺家的光荣使命和不可推卸的神圣职责。那么以进行革命传统教育为职志的作品，理应受到文艺界和出版界的重视，在政策上理应有所倾斜。然而事实上并非如此，这不能不令人忧虑。因此，如何提倡革命传统教育的作品，如何在群众中扩大这种作品的影响，如何组织这样一些作品的创作，如何根据新的情况，根据读者的思想变化和接受能力，改善这种作品的创作方法，如何在宣传上加以重视，经济上给以支持，都是亟待解决而还未

解决的问题。(《在〈红岩〉发行三十周年纪念会上的书面发言》,1991年6月1日)

你们提出要重铸"红岩",我理解就是要重新发扬红岩精神……几十年来,我们这些老同志,曾经为弘扬红岩精神做过许多努力……什么是红岩精神,简单地说,就是延安精神的延伸和应用。所谓延安精神,我以为就是马列主义和中国革命实践相结合的革命精神,而红岩精神,也正是这种与当时白区具体情况结合,富有鲜明特色的白区工作的革命精神。(《何为"红岩精神"?——和中央电视台记者谈话》,2006年9月22日)

作者: 2021年6月出版的《没有硝烟的战线》是马老在九十八岁高龄时出版的四十余万字的反映隐蔽战线题材的长篇剧本。故事原型是潜入国民党高级特务机关,出生入死,英勇机智,为党战斗达十年之久得胜归来的英雄人物黎强,故事也结合了先生自身地下党斗争的经历,塑造了一个出生于川东袍哥家庭的青年李亨因战乱与组织失联,在学习和反复斗争中最终成为隐蔽战线的英雄的故事。马老说,写这部作品是在纪念,但更是在宣传。

马识途：《没有硝烟的战线》这部作品也可说是为纪念在隐蔽战线上战斗的英雄和烈士们而创作的。但是由于我不是写影视文学作品的行家里手，冒昧从事，只写成了这么一部不算成功的影视文学作品。但我不认为是失败之作，至少我在这里为影视创作提供一批可作参考的素材。这批素材和我过去创作的革命文学作品一样，是符合党的地下工作的实际的。

我说这些题外话，无非是希望，第一，有更多更好的反映革命历史斗争的影视剧推向屏幕，这是精神文明建设的一部分。第二，革命历史斗争剧不只是甚至主要不只是"谍战剧"，革命历史有更广阔的天地让作家驰骋。第三，就是"谍战剧"，也要在艺术夸张和虚构中不离原则，不违纪律，特别是秘密工作纪律，注意细节，才能有更好的"谍战剧"满足群众的艺术欣赏。(《在中国现代文学馆马识途作品研讨会上的发言》，2012年1月)

《没有硝烟的战线》是我急切地想歌颂在隐蔽战线上战斗的英雄和烈士，自不量力，写成的一本不能算是很成功的影视作品。但它的素材却是真实不虚的，只是要经过行家进行修改加工，才能推向屏幕。照张炯的设想，摘取一些好的素材，推出一部既歌颂可歌可泣的隐蔽战线英雄的英勇斗争，又表述英雄险恶遭际时的心理忍受和牺牲精神的影视剧本。这些英雄奉献很大，牺牲太多，他们牺牲了个人的平安生活、个人的爱情、友情以至个人的生命，很值得歌颂。这个主意我也曾经想过，我的稿本上本来就有个"迟到的婚礼"的副标题，但我已无能为力了，只寄希望于行家里手。（《在四川省马识途作品研讨会上的发言》，2012年4月4日）

正是为了我们的青年一代的健康成长，为了提高他们的民族自尊心和自信心，不致数典忘祖，忘记过去，我以为应该多拍摄反映革命传统教育的影片。已经拍出来的不多的革命传统教育影片，应该好好进行宣传，使之发挥更大的思想教育作用。

我们必须对他们进行细致的教育，生动地介绍革命斗争历史和讲述革命英雄事迹。要使青年明白，不追思和继承自己民族传统，不怀念和尊重自己民族光荣过去的民族，是没有希望的民族。对自己祖宗和先辈的创业伟绩没有兴趣，不屑一顾，以至忘记了，他绝不可能成为一个有出息的中华儿女。如果连自己的根扎在哪里都不知道，甚至怀疑根的存在，他怎么能希望长成伟干、奇枝、茂叶，开出繁花和结出硕果呢？

但是，对于青年一代于革命传统的无知，是不应该受到责备的。问题在于我们怎样弥补，怎么加强革命传统教育。现在党中央提出要加强革命传统教育，我以为电影是进行革命传统教育最有力的工具。因此，我期待电影界作出进一步的努力，并且希望电影宣传部门多宣传革命传统的影片。（《要好好宣传革命传统教育片》，《银幕内外》，1981年第7期）

作者：作为20世纪中国革命的亲历者，马老在自己文学创作中所呈现出来的革命者形象，不仅带着自己的经历过往，也与自身的修养和情感记忆相关，展示出他对历史的独特思考和理解。2020年，中国文联主席、中国作协主席铁凝曾在马老《夜谭续记》研讨会上说："我既为马老的化险为夷而振奋，又深深地感佩马老履险如夷的无畏、乐观。马老是革命者，马老是文学家，在他的身上，一个革命者的坚定、刚毅与一个文学家的热情、活力完美地融合在一起。"学者周维东在《"革命人"马识途》中谈道："这也是马老文学创作最独特的价值。因为是'天然的革命文艺'，是革命文艺运动之外的革命文艺，因此他的创作有超出一般革命文艺的亲切和从容。这让他的作品有超越一般革命文艺更大的社会价值。"

二、马识途的中国作风和中国气派是什么？

作者： 在马老心目中，文学是"经国之大业，不朽之盛事"。马老在文艺创作中所体现出的文艺民族化并不仅仅是一个形式问题，而是从自身创作的内容和形式中达到了相互统一、相互适应。马老所追求的中国作风和中国气派正是从自身的文艺作品中体现出来的，并在实践中将传统和地方、民族与民俗这些极其重要的要素镶嵌其中，发挥它们的特殊功用，自觉地将民俗的艺术处理作为小说民族化特色的土壤。那么，马老是怎样认识中国作风和中国气派的呢？又是怎样处理这些关系的呢？

马识途： 那些说书的原来是继承了古代小说家和说书人的长处，形成了为老百姓喜闻乐见的特别风格。我以为要给中国老百姓写书的话,就要继承这样的风格。

据说一个作家总要有自己独创的风格,那么我追求什么样的风格呢?我忽然想起我幼年时代的那些无名师傅来。他们继承了我国的小说传统,形成独特的中国气派和中国作风,为老百姓喜闻乐见。我要当作家,还去追求什么别的风格呢?我又有什么本事追求别的什么风格呢?于是我便用摆龙门阵的方法写起我的小说来,尽量把民间艺人的长处,吸收到我的作品里去,甚至我乐意把我写的某些革命斗争故事叫作"新评书"或者"新传奇"。我这样做,当然也不是立意要抱残守缺,故步自封,只匍匐在民间艺人和旧小说的面前,依样画葫芦。我当然也尽力汲取西方小说和我国现代小说的长处。

经过二十几年的努力,我不能说我已经开始形成自己的风格,更不能说我已经找到了为中国老百姓喜闻乐见的中国作风和中国气派,但是我到底找到了自己努力的方向和追求的风格。(《我追求中国作风和中国气派》,1980年)

我以为中国的小说应该具有民族形式,应该有中国自己的作风和气派。我说过不奇、不险、不俏、不绝就不成戏。我一直相信"无巧不成书",相信"出乎意料之外,合乎情理之中",

是必然性一定要通过偶然性来表现的艺术辩证法。我正在探索和追求一种风格，一种为中国老百姓喜闻乐见的中国作风和中国气派。（《说情节》，《四川文学》，1980年第3期）

  我追求的这种风格和我怎么开始写小说有密切关系，与我个人生活经历也有密切关系，也就是说，与我走向文学之路，以及与我怎么从民族文化中汲取营养有着密切的关系。当然也应该说与中国现代文学作品的熏陶有着密切的关系。我喜欢我国古典文学作品，也喜欢我国现代文学作品。鲁迅、巴金、沙汀等名家的作品我都很喜欢。很崇拜鲁迅的笔法，我却学不了，沙汀的我也喜欢，也学不了。他们那种刻画入微的技巧，那种冷静的幽默和讽刺真难于学习，但我很喜欢。我就是喜欢冷静地、用事实本身进行讽刺和幽默，而且一直在追求这种东西。我还向许多幽默和讽刺大师学习，外国的如果戈理、契诃夫、马克·吐温、塞万提斯，还有英国的一些讽刺作家的作品，我都读过。但我追求的是我们中国民族的风格，民族的作风，民族的气派。而中国作风和中国气派最主要的一点，就是要为中国老百姓所喜闻乐见。我的作品，只要中国老百姓喜闻乐见就行了，至于说它是"阳春白雪"，还是"下里巴人"，是高雅的还是低级的东西,我就不管。我读了不少中国的传统小说,其中有很多都带幽默、讽刺或者含泪的微笑。无论《三国演义》《水浒传》《西游记》《儒林外史》,我们都可以从中看到许多非常有趣、非常幽默的人物和描写,像张飞这个人,李逵这个人,猪八戒这个人都相当幽默有趣,很有艺术性。这些作品都给了我丰富的营养。

  我是四川人。四川人有四川人的气质。这一点我觉得说它是地域观念也好。外面有的同志说,你们四川人是从茶馆里训练出来的,富于幽默、趣味,摆起龙门阵来,说说笑笑,有条有理。我作为一个四川人,在这种坐茶馆、摆龙门阵中,喜欢说些幽默、讽刺话的环境里生活,不能不受影响。这就使我的作品还具有一种"川味"。艺术上的"川味"到底是什么?我说不上来,但有一点我体会到了,我喜欢带一种讽刺幽默的笔调,而形式上往往是采取摆龙门阵的形式。我常采取第一人称"说话"的写法。我的许多作品都是以第一人称的口气写的。《夜谭十记》实际上都是以第一人称的口气写的。为什么我喜欢第一人称手法写呢?因为它有一种好处,就是易于以一种委婉有致、引人入胜,一种摆龙门阵的口气来叙述,可以使人看起来不费力气，茶余饭后、睡觉之前都可以看一看。

我决不追求故作高雅、淡淡的哀愁、默默地怨恨的格调；不写转弯抹角、扑朔迷离、故作深奥的作品；决不去写作少数人才懂的"高级"的作品，或少数人看了也迷迷糊糊的作品。

就我的作品的语言来说，一个是有不少中国古汉语的某些词语，一个是有不少民间的口头语，尤其是四川群众的语言。这种还活着的古词语和群众口语很富有表达能力，是文学上很宝贵的财富。这是大家公认的，四川的不少单词往往包含了非常复杂的意义。如"zhuài""xiè"儿、"方"等，只要真正懂得这种语言的人，一看就会联想到非常丰富的内容，有许多是只能意会，不能言传的。我的作品中是用了一些四川方言的。我以为写作品是可以用方言的，更概括、更传神的方言为什么不可以用呢？比如"打牙祭"这个四川方言，已经传遍了全国。只是应该用经过提炼、经过净化了的方言，不是那些很生僻、很俗气的方言。

总之，我所追求的中国的民族作风和气派，绝不是因袭过去，照搬前人，而是加以提炼净化，取其精华，而且与现代文学融合起来的。这种做法是否成功，我不知道。……我想了又想,固然要尽量吸收一些新鲜东西,也不拒绝用新格调来写作品;对于原有风格的作品呢,我用八个字来自勉,这就是:别开生面,聊备一格。就是说在各种各样的流派中,我姑且算是一格吧。他们是参天大树,是名花芳草,是文坛的主力军,我呢?就算是一株小草吧,总还可以在文艺百花园的角落里增添一点绿色。这总是容许的。这么一想,心里便踏实了。(《且说我追求的风格》,《当代文坛》,1985年第1期)

我认为,如果我们的文学不是为中国老百姓喜闻乐见,具有中国作风、中国气派的文学,那将是没有生命力的。只有能够适应中国人民的思想、感情、生活,包括阅读习惯,反映我们时代的精神的文学,才是真正的中国文学。(《努力创作雅俗共赏的文学作品——在中国俗文学学会四川分会成立会上的讲话》)

作者: 一个文艺家只有以自己民族的行为思考方式以及审美眼光去观察及塑造审美对象时,才能从中渗透出符合本民族的性格气质,才能创造出体现民族魂也就是民族精神的艺术形象。即是说,在作品中只有写本土的特有风情、文化风采,在自己的文化岩层中进行深层挖掘,才是具有长远价值的东西,也最能引起共鸣，唤起思考，这是民族特点的体现，打上了民族个性和特点的烙印。

马老的文艺创作与民族精神联系在一起，是由作品本身的叙事立场、方式、内容以及话语所蕴含的民族特质、所体现的文化逻辑来决定的。

马识途： 每个人走上文学之路是有不同的历程的。鲁迅起初是学矿务、学医的，以后为了医治国民精神的创伤才弃医从文的。巴金如没有当时国民革命的浪潮，没有那样一个时代和家庭，没有那样一种生活，就写不出《家》这样的作品。还有四川的作家沙汀、艾芜也是如此。而且这些作家又总是在当时的时代先驱者的思想影响下前进的，他们自己的思想也反映了时代的方向和人民的愿望，他们是站在时代潮流面前的弄潮儿。他们继承了民族文化的精神和传统，保持了民族的素养和气质。他们的道路告诉我们，根本没有"一举成名"的捷径——就像中国女排夺得世界冠军，哪有什么"一举"？根本就是千举万举以后才取得的——这些老作家都是通过相当艰苦的锻炼才成熟起来的。他们的经历也说明，作家不懂辩证法，要想正确地认识生活、描写生活是不行的。只有通过学习，才能认识生活

中使人眼花缭乱的现象，才能正确地反映生活。（《在四川省作家协会举办的文学讲习班上的讲话》，1981年12月12日）

一个民族的任何一种文学，如果对自己的民族传统和人民喜闻乐见的民族形式采取虚无主义的态度，完全寄托于外来形式以至感情，没有不衰颓的。

我以为我们现在无妨搞一点小的改革试验，比如要求诗词创作应该紧贴时代精神，反映现实生活，反对复古倾向和无病呻吟；比如要求诗词创作多向民间采风，多用现代的和民间的语言入诗；比如韵脚的适当放宽和改变，平仄的随时代而变异，格律的某些通融，口语入诗的试验，等等，关于诗词的形式都有进行改革尝试的必要。（《不要把传统诗词送进棺材——在四川诗词学会年会上的发言》，1999年1月20日）

我至今认为"文学是人学"，人终归要在文学作品中占主要地位，不写人物，或不写社会性的人，只写生物性的人，我以为不值得提倡。我赞成学习世界上一切先进的思想文化，引进世界上多样化的文学思想和作品，但我不赞成生吞活剥的模仿，特别是把这些作为我们的文学创作主流思想的企图。

这个世界本来是由各个国家、多种民族、多种文化所构成的一个和谐的多极世界。每一个民族都有自己的传统文化、民族精神,都有自己的主流意识,都在为自己建立美好生活而奋斗。(《文学三问》,2005年3月29日)

作者: 创作要厚积薄发,要有生活经验。文艺应该是植根于深厚的传统民族文化,植根于老百姓的生活,从中汲取丰富养料。马老始终坚持的是作为一位文艺创作家,只有用自己"民族的眼睛"来观察,用本民族理解事物的方式来体验,灌注进本民族特有的审美理想,最后创作出的为本民族老百姓所喜闻乐见的文艺作品才是真正具有民俗意义,也就是民族化的艺术品。

马识途: 不深入生活,浮光掠影,浅尝辄止,不参加生活,只旁观生活,便不知生活的底蕴,不识人物的灵魂,当然搞不好创作。如果光是沉溺于生活之中,不能自拔,能入不能出,能沉不能浮,便不能站得更高,看得更清。这是"不识庐山真面目,只缘身在此山中"的道理。

如果只是深入生活,对生活和人物观而不察,研而不究,不能从纷至沓来的生活激流中,辨别主流和支流;不能从变化多端的众生相里,区分本质和表象,如果只将所见所闻照实写出，不分巨细，不遗毫发，便陷入自然主义，则离高于生活的典型环境中的典型性格远矣！

要深入生活，取得大量素材，还要有敏锐的观察能力、致密的研究能力及深邃的思考能力，善于把一切人物和生活现象去粗取精，去伪存真，由此及彼，由表及里，得出生活的真理和人生的真谛来。

然而还不够，还必须在生活中和人民建立深厚的感情，和他们休戚相关，和他们共一样的命运，为一样失败而痛苦，为一样胜利而欢乐，和他们做一样的梦，唱一样的歌。在和他们同生共死的斗争中引起激情和创作冲动，这样才能进入创作过程。

敏锐的观察能力，深邃的思考能力，斗争激情和创作冲动从何而来呢？这决定于自己的世界观，决定于自己的立场和观点。这就有赖于深入生活中，在参与改造客观世界的同时，改造自己的主观世界，改造自己认识客观世界的能力。

对于一个作家说来，如果没有自己的生活基地，如果没有自己的知心朋友，他就会像脱离了大地母亲的大力士安泰，毫无能力了。

深入生活里去，不要看到一点就写，不要把自己当作为写作而来专门收集素材的特殊人物，而要和群众一起战斗，一直要等到积累多了，酝酿成熟，人物在脑子里活起来了，非写不可了，才动笔写。那时候，你不写也不行了，人物在催促你写，叫你吃不下饭，睡不好觉，在你的脑子里鼓噪，在你的肚子里躁动，呼吁他们出生的权利。你写起来吧，不过你的人物会驱使你这样写或那样写，写出他们的性格和本来面目，由不得你了。(《学习创作的体会》，《文艺通讯》，1980年第1期)

构成情节的细节是更其重要的，它是表现人物性格的根本要素。一个大的情节中如果没有许多像珍珠一般闪光的细节，不管你把情节安排得多么巧妙，人物还是缺乏光彩，形象还是不够鲜明。可以说细节是构成人物性格的细胞，是人物在特定的矛盾冲突中爆发出来的性格的火花，是故事得以推演的契机。我们阅读名著，没有不为那些闪光的细节拍案叫绝的。往往只要一个动作，几句话，有如画龙点睛，一个人物便栩栩如生地在你面前站起来了。这样的细节选择起来是并不容易的。只有对于人物的生活有透彻的了解，对于他生活的环境非常熟悉，从复杂的生活巨流中才能淘洗出这样的珍珠来。有些作品，情节安排不能说没有下功夫，但是读起来总有隔靴搔痒、雾里看花之感，这就是由于没有深入了解生活的底蕴，去捕捉和提炼出生活的真实细节来。

一个作者生活面窄，创作会受到一定的限制，应该走出自己狭小的天地，到更广阔的生活中去扩大视野、汲取素材，当然是对的。但是不能说工厂里就没有多少激动人心的故事。我们正在向"四化"进军，工厂是战斗的前线，在那里有沸腾的生活，有众多的英雄人物，有尖锐复杂的斗争，从而一定有激动人心的故事。只看你是不是深入生活，参加斗争，留心各样的事物，去观察、研究、分析一切人、一切斗争。工厂里总有老中青的领导干部和技术人员，总有各种新老工人。他们都具有不同经历、不同性格、不同思想作风。他们也不是密封在车间里，经常要和广大的社会接触，和各种的人物往来。工作学习，生老病死，恋爱结婚，有矛盾和斗争、欢乐和愁苦，有个人的癖性和爱好，这里多的是激动人心的故事和人物。谁能说你的生活面就是，时间：上班八小时；空间：几十平方米的车间呢？关键在于你是不是热爱生活，深入生活，参加进生活斗争中去，在于你是不是留心你生活圈子里的一切人和事。(《说

情节》,《四川文学》,1980年第3期)

我们的作家要有一种强烈的愿望,就是深入生活,真正和群众打成一片,心心相通。而不是摆起作家的架子:我是来搜集你们的生活材料,我是来写你们,是来歌颂你们的。你们理应把你们的材料无条件地贡献给我。结果呢?群众就是不买你的账。没有这种强烈的愿望,就无所谓创作的激情。大家知道,没有创作激情,是写不出什么好作品的。至于那种下去是为了表现自我,甚至于只是为了写作品出名、拿稿费,那就更糟糕了。我觉得,无论是学习马克思主义也好,深入生活也好,最根本的任务之一,就是要改造我们的世界观,提高我们认识客观世界的能力,同时,也就能提高我们的写作能力。(《在四川省文学艺术界联合会第二届委员会第二次扩大会议闭幕式上的讲话》,1982年8月4日)

现代的青年,如果他想成为一个革命的作家,首先要求自己是一个革命家。要像老一代革命作家曾经经过的那样,参加到刀与剑的搏击、血与火的斗争中去,经过痛苦的磨炼,积累丰富的经验,行有余力,才可为文。现在的青年作家就应该深入现实的生活中去,到"四化"的建设洪流中去,到工农兵火热的斗争生活中去，无条件地去革命、去建设，不要老想自己要成为一个伟大的作家，要创作鸿篇巨制。只有等你积累起丰富的生活素材，那些人和事已经烂熟于胸，而且革命的激情激发起你的强烈的创作冲动，有如胎儿躁动于母腹中一般，这样你才可以从事创作。而且我要说，你是一个怎样的人，就只能写出怎样的作品，你的思想水平多高，你的作品水平多高，言为心声，文如其人，这是丝毫不爽的，你如果想创作革命的作品，你必须首先做一个革命的人。（《我怎样写起小说来的》，1983年）

我以为，现在才是作家们进行深入的观察、沉静的思考，在艺术上刻意求工的时候。事实上，这两年来，许多作家正在努力学习，增长知识，清醒地回顾过去的历史和自己走过的道路，更深地沉入人民生活中去，重新认识生活、评价生活，更加深刻地思索，更加艺术地概括生活。现在读者的水平也提高了，不要说那些胡编乱造、闭门造车，或者超赶时髦、哗众取宠的低级庸俗作品，群众表示厌恶；也不要说那些浮皮潦草地描述生活表面现象以及赶浪头的图解政策的作品，群众不喜欢看了；就是几年前那种振聋发聩、耳目一新的作品，群众也感到不够味儿了。现在群众要求的是真正能概括历史、反映时代，有较高的思想性和哲理性，生命力强的典型形象，有特别风格的作品。

要做一个好的作家，要做一个合格的灵魂工程师，要想创作出真正好的作品，只有深入生活。目前特别要深入人民的改革的浪潮中去，和人民一起去做改革者，在斗争中努力提高自己的思想水平，提高自己观察、认识和评价生活的能力，并且下苦功夫磨炼自己的笔，提高自己的艺术表现能力。对于青年作家来说，还要补上自己缺各种知识的这一课，要多学习、多读书，要有丰富的文学和语言知识、历史知识和社会知识，特别要学习唯物辩证法，那是我们观察和分析事物的显微镜和望远镜。文学创作事业是一个老实的事业、艰苦的事业，这是没有什么可以偷巧的。也只有在崎岖的道路上敢于攀登的人，才有希望达到光辉的顶点。

四川历来不是一个在文学事业上落后的地方，我们现在又涌现出如此众多的崭露头角的青年作家和作为后备的更广大的文学青年，就可以证明这点。在全国的艺术长廊中，我们的青年作家不应该是默默无闻的，在全国的主要文学刊物上，理应随时看到我们青年作家的作品，在每年的全国文学评奖的领奖台上，理应有我们的青年作家出现。当然，这并不是轻而易举的事情，需要青年作家付出艰苦的劳动。我们愿意当你们的啦啦队，为你们的优异成绩而欢呼。(《大有进步　还要努力——祝〈青年作家〉创刊两周年》,《青年作家》,1983年第6期)

既然是反映人民思想和生活，又是为人民服务的，向人民提供精神食粮的，那么他就必须到他创作的源泉中去，向人民了解、学习，知道人民到底要什么样的精神食粮。因而作家和艺术家必须深入生活里去，离群索居，闭目塞听，躲在用自己的意念构筑起来的象牙之塔里穷思苦想，是不可能创作出优秀作品和使人民满意的作品和表演的。现在"四化"建设和改革都以空前的规模在进行，许多新情况和新问题，许多新事新人不断出现，许多英雄和他们的业绩，要文艺去反映，而我们有的作家竟然对人民生活采取冷漠隔离的态度，想远离生活，追求山林隐逸之念。把追求远离现代的远古的原始的、落后和野蛮的生活，视为纯朴，叫作寻根，觉得写群众现实生活的斗争，便会玷辱他手中的神圣之笔，扰乱他的"高级"精神境界，这算什么社会主义的作家艺术家？一个好的作家艺术家总是在一定的历史环境中生活,有对社会发展规律的深切理解,对社会和人民的热爱,有强烈的历史责任感,并且有严肃的创作态度。不是这样态度的作家艺术家,也许是可以存在的,吃着人民奉献给他们的面包而潜心于自己为了将来的不朽创作,即使他可以在一个极小的圈子里孤芳自赏,但却是人民所不需要的,是不受欢迎的。〔《创作 人才 思想——在全省市、地、州文联工作会议上的讲话(摘要)》,1986年3月17日〕

我总觉得写作品一定要厚积薄发。要具有丰富的生活经验、历史和社会知识,五花八门的学问,古代文学和外国文学的修养才行。现在我们看到个别中青年作家手中就是那么一点积累的东西,已写得差不多了,翻过来,炒过去,今天加点酱油,明天加点醋,后天放点麻辣,反正就那么点菜,这样是难以为继的。有的说连"边角余料"都利用了,反正有刊物要用的。这种情况我想你们搞评论工作的恐怕已经注意到了。

最近,我看到个别有才华的作家,由于没有下去好好体验生活,生活之源枯竭了,只好采取炒冷饭的办法,甚至不惜搞移植术,把外国小说改头换面,抄袭过来,上海《文学报》有所批评。为什么会这样?这就是积累贫乏。我认为,本应积十发一,而现在有的是积一发十了,还在继续发。我觉得苏轼这八个字(即"博观约取,厚积薄发")对我们青年作家有现实意义。我们某些青年作者过去之所以写出某一篇好作品,就是由于他对那个生活很熟悉,吃透了。后来写另外的东西,不管文字写得多么花哨,结构处理得多么巧妙,但一看就清楚了,是一种鲁迅先生说的"做作和卖弄"。他不做作不卖弄不行啊。像这样的同志该怎么办?唯一的办法就是走下去开辟新的生活领域。不可满足于成名了,有名望了,有一定的地位了,不管怎么写几篇,总有人要,而且还有人来抢,这样会自己降格的,对于读者也没有什么好处。现在文艺界都在说提高质量的问题,这是很合时宜的,很值得薄积厚发的作家注意。

我曾不止一次地衷心劝告文学青年们最好不要想当作家,认真到生活中去和群众一起摸爬滚打,一起革命和建设,积累烂熟于胸。这样也许有一天倒写出好作品,当成了作家。我自己就有这样的经历。我曾向邵荃麟同志请教:"大家都说小说主要是塑造典型,先有人物,然后有情节,为什么我是先有故事然后才有人物?"邵荃麟同志说:"你把你酝酿一部作品的经过给我说说看。"我说,我写作品有个毛病,没有一个好的故事我不动笔，而且也没有劲头去写。当我在生活中，突然看到或听到某一个故事，我认为好，有意思，于是产生了冲动，想写它。这样一来，我的脑子就辛苦了，几十年生活里熟悉的人物都跑出来了。他们都吵着说我来扮演什么角色吧！都提出了自己的要求。有的人物我名字都忘了，形象还在。一部小说中只有那么几个人物，怎么办呢？我就选择其中最适合的，把其他的人物的某些东西加进去，经过集中、概括，人物形象更鲜明、更典型了。这样写起来，人物就出场了，而且他还要插嘴，对我说"该这么写""该那么写"，与我原来的想法不一样了，而且使我非改变原来的想法不可。邵荃麟同志说："这正说明你在生活中积累的人物非常多，而且典型化了的人物不少。但这些人物，你把他存储在脑子里，积压在脑子里，突然被一个偶然的东西（大家叫灵感）触发后，这些人物都被带出来了，看来还是先有人物。"他讲后，我明白了。必须在生活中积累大量的人物，没有生活，仅靠编造故事来写作是搞不好的。有的作品太淡太薄，人物模糊不清，看起来如皮影一般，虽然也在那里晃来晃去，似乎很活跃的样子，而终归是平面的薄块，没有厚度。

我不喜欢搞花花草草、哗众取宠的东西，而要求实实在在，平淡和自然，而且使别人看起来毫不费力，以为我写得也很平淡，毫不费力。……诗要朴实，但那是大巧若拙的朴。诗要淡，但那是浓厚而后的淡。这真有点像川菜中的"白开水"，名字虽叫"白开水"，却是用十多种原料做成，最后成了一盆清汤，吃起来真有味道。能做到这点，那才是真功夫。大油大味好办，唯有这"白开水"可不容易做到啊！（《且说我追求的风格》，《当代文坛》，1985年第1期）

我一直觉得《青年作家》还要考虑形式方面的问题，考虑如何办得形式多样。你们现在的栏目是相当多的，办得活跃，这是好的，应该坚持。但我觉得在形式上，在小说、诗歌、散文、报告文学这四大块里面，也不妨把形式的处理和表现方面，尽量多样化，不管什么现代派、意识流，什么黑色幽默、荒诞派，或者是我们传统表现手法，各种各样的都可以试验，只要是广大读者能够接受、广大青年喜闻乐见的东西，那就可以试验，可以发表。这样，也许我们在多样化的过程中，能够开拓道路，作出贡献来。在这方面，也需要我们做些改革。在内容方面需要开放，在形式方面也应该更多样化，更活泼一些。不管是哪方面，都应该有兼收并蓄的气派。

我以为这样写，还不如把现实生活中精彩之处老老实实地记录下来，让读者从这些雄伟的、奇美的，以至闻所未闻、见所未见的事实当中，作出自己的判断来，让读者自己去议论，让读者自己去发牢骚，让读者振奋起精神来。当然，写纪实文学作品必须掌握一个最重要的东西——必须有生活，而且必须从生活中提取典型的故事和人物，必须达到艺术的真实。

我认为在我们中国，发展纪实文学是很有意义、很有价值的。

从我国过去的一些小说来看，大多数都有纪实、传奇的特点。我们看一看《三国演义》《东周列国志》《水浒传》之类，那里头有多少引人入胜的故事啊！而这些故事在讲述中，自然而然地涌现出许多给人深刻印象的人和事。我觉得纪实文学很能够反映我们人民的生活和时代的风貌。当今可以纪实的事情，比过去多得多，但很少有人去收集整理，用纪实文学的形式表现出来。而且我觉得，发展纪实文学还可以纠正创作上的一种弊病，那些把芝麻大点的事情吹成多大的糖人，动辄万言去抒发个人恩怨和愤懑的作品，还不如用一千字把事实记下来，实实在在地说出来，这样也许还耐看一些。这两年纪实文学好像有些发展，写某一个大的历史背景上的重大事件和重要人物，有事实，也有合理的虚构，气魄不小。

现在有些作品是纪实性的、传记式的，非常简洁，故事性又很强，事实非常生动，引人入胜，大家都喜欢看。这是一个信息。纪实文学到底怎样写才好，当然还要研究。我的目的是希望用这一种文学——故事性较强、事实触目惊心等，来代替那些庸俗读物。庸俗读物就是在故事情节上，在神奇上下功夫，那我们也可以用有这种特色的纯文学、雅文学来代替它们。我们的作品不要弄得水分太多，不要一粒芝麻大的事写他几千字，使大家看不下去。我们是不是可以用纪实文学来试一下呢？当然，这要编织得让人想看，传奇、生动、有趣、耐看，也不是一件容易的事情。如果把纪实文学和讽刺文学结合起来，那就更妙了。（《我说〈青年作家〉——庆祝〈青年作家〉创刊五周年》，1986年4月）

我想说的是，部队的文艺是部队思想政治工作的一个构成部分，是直接为部队服务的。部队的作家当然可以写部队外的各方面的生活。但是我以为，部队的作家应该更多地更深刻地反映部队生活。不仅以散文、诗歌、快板、说唱、短篇小说来反映部队生活,我们还期待着部队的作家写出黄钟大吕式的鸿篇巨制来。而且我还希望部队的作家,不要忘记用各种文学形式,反映几十年一百年来中国人民解放斗争的历史,这部历史和武装斗争总是分不开的。我国过去几十年来,经历了多么惨烈多么英勇的武装斗争啊。然而我们的文学反映我们的先辈为中国人民的解放所进行的可歌可泣的斗争,还是太少了。我希望不仅部队的作家要从事这方面的创作,而且我希望地方的作家也要在这方面作出更大的贡献。(《不是序言的序言——〈罗建散文集〉序》,1997年4月)

我以为现代青年作家有几个不足之处:一是知识不足,中国传统的文化知识、文学知识不足;一是外国的文学知识不足,文学作品阅读不够;还有就是生活不足。这样,要出现经得起历史考验的伟大作品,恐怕困难重重。因此很需要有志气的翻译家,真正如鲁迅说的有胆识的翻译家埋头苦干,做些严肃的工作,而且很希望有远见的出版社和翻译家携手合作。就像永远不忘记介绍翻译外国革命作品和弱小民族作品的前辈翻译家一样,我们也应当不忘记对中国新文学创作作出贡献。

除将外国优秀的文学作品介绍翻译给我国读者之外，我们还应该重视把中国文学作品译成外文，让世界了解中国。应特别强调，要做好这一工作尤其困难，中国式的外文在所难免，但有胜于无，外国太不了解中国了。（《在四川省首届文学翻译工作座谈会上的讲话》，《四川作家通讯》，1988年第1期）

我想在西部大开发中，四川的作家理应有所贡献，是无疑义的。但是到底作什么贡献，怎么作贡献，却是值得思考的问题。请注意我们的文件，我们并没有提出文学要为西部大开发服务，要为配合西部大开发而创作的口号。

我想我们只能这样来思考：西部大开发将是四川社会出现大变动的时代，将出现新的思想、新的事件、新的人物、各种新的矛盾、各种新奇的故事，因此将出现一种壮丽的生活景象，一种丰富的文学景观，将给我们提供大量的文学创作素材，这将使我们的作家大有用武之地，可以让我们的作家到这神奇的花园中纵横驰骋。这是我们作家用创作来反映伟大时代和塑造英雄人物的良好机遇，有希望出现较好的作品和较好的作家。至于这些作品能够反作用于西部开发的人，能够促使他们精神振奋，能够通过作品认识事物的矛盾、社会的底蕴，受到精神的鼓舞，那是作品产生的客观社会效果，并不能作为要求作家为了某种先行的思想主题而进行创作的根据，也不是作家服务得好的证明。

我不希望作家急功近利地主题先行地进行创作，更不要为某种名声某种获奖而进行创作，那是不会出现最好的作品的。我想恐怕只有在西部大开发的奇瑰的景象、复杂的生活矛盾、思想的碰撞、灵魂的交锋所激发出来的火花，让作家真的发现、认识和感动了，创作的激情爆发了，用真心真情去描写出来，这才能叫作好作品，甚至才能叫作作品。所以我赞成号召作家深入西部开发的生活中去，但是不给主题，不预约任务，写什么和怎么写，悉听自便。不写也不在乎，甚至不去也不勉强。

（《在四川省作家协会五届三次全委会上的讲话》，2000年5月10日）

我觉得，我们应该急起直追，认真来反映我们四川的生活，各方面的一些先进人物和先进事迹。我们的文艺作品，不仅要反映他们，而且要回过来鼓舞他们继续前进。在这一方面，我们还需要做很大的努力。过去我们已做过一番努力，在全国曾经获奖的作品中就有一些反映了我们四川这种大好形势的作品，但是还很不够。省委领导再三向我们提出这样的要求和希望：要我们很好地深入生活、深入工农业以及各条战线的沸腾生活里去，创作出更多的优秀作品来，以鼓舞大家的斗志。

现在是深入生活难，这个难，有时是难于提供深入生活的条件，再就是自己思想上的问题，不愿下去。我们仍然号召大家要深入生活，因为不深入生活，就不可能写出反映我们现在沸腾生活的作品来。这是很明显的道理。但是，现在确实有人这么想：我并没有深入生活，却仍然写出了作品，而且刊物给我发表了，出版社给我出版了，我又何必深入？凭我过去的生活经验，加上一些道听途说，再凭我灵光的脑袋，便可以敷衍成篇了。听说甚至于有人把西方的文学作品"移植"到中国来，把西方作品中的人物、性格、情节故事套了过来，加以改装变化，便成为他的作品，这当然用不着深入什么生活了。应该告诉我们有心学习创作的青年同志，你要创作，就必须实践，必须深入生活。离开了生活实践，当然可以胡诌出作品来，但不可能写出好的作品，不可能如实地反映出我们的时代和生活，更不可能反映出我们的时代精神。（《在四川省文学艺术界联合会第二届委员会第二次扩大会议闭幕式上的讲话》，1982

年8月4日）

我是搞创作的，我在我的作品中一直在努力追求民族风格和民族形式，也就是要有老百姓喜闻乐见的那样一种风格。要做到这一点，最根本的必须在民间文艺里去汲取营养。所以，一般说来，我对于民间文学作品、民间艺人说书等，从小时候就比较喜欢。稍微长大了一点，对于中国的传统的一些民间的东西，更是喜欢阅读。我从事文学创作以来，在这方面更留心一些。如我为了要写一部川北（巴山一带）的革命英雄人物的书，就曾经到川北去搜集过大量的民歌、民谣以及红军传说故事等。当时我去拜访过的那些老人，现在大部分去世了。他们跟我讲的许多传说、故事，我听了以后非常感动，我觉得从人民口里讲出来这样一种文艺作品，是真正伟大的东西。我听了这些东西以后，觉得有信心了，我要写这些东西。因为人民不仅喜爱，而且还给我提供了大量的素材、资料。

民间文学是在人民群众中长期流传过的，千锤百炼，听起来确确实实非常精致，非常好的。而现在有些人即席编些顺口溜出来，硬说："这就是我们的山歌，这就是我们的民歌！"我说，你这不像，还没有经过在民间流传，没有提炼加工，没有为人民喜闻乐见,这些东西我觉得不行。(《在四川省民间文艺研究会集成会上的讲话》,《四川民间文学通讯》,1985年第1期)

我们不仅要仔细观察身边熟悉的人和事,掌握形象、语言、性格这些东西,更应该下大力气提取更多的细节和更精彩的语言。四川是一个语言比较丰富的省份,如果你到茶馆坐一坐,偶尔会听到一些说得非常优美非常有趣味的话,你就应该赶快记下来,以后有用。他是一般的"下里巴人",但却有文学艺术中精彩的东西,你不要忽略了。不只是说哪一个人物,他的性格、语言各方面要注意去观察、收集。社会各方面的人物都要注意观察,都要考虑进去,这样你就有了一个储藏大量人物鲜活的素材。没有这些素材,你组织不起作品。收集不到特殊的文学语言,你写不好作品。总之要培养自己对事物的敏感,勤于观察和思考,这一点我觉得很重要。(《在与洪雅县文艺界人士见面会上的讲话》,2010年10月2日)

作者: 社会主义文学的内涵是什么?"二为"方针和"两个效益"是不是社会主义文学的全部?它们是一种什么关系?

马识途: 既然是社会主义文艺,那就是反映我们社会主义社会人民生活的文艺，就是鼓舞人民前进，为社会主义建设而奋斗的文艺，是宣扬共产主义思想的文艺，进行爱国主义教育的文艺，进行理想和纪律教育的文艺。因此我们坚持文艺要为人民服务，为社会主义服务。这种服务是各方面的，是各种形式的。就是说培养人民的高尚的道德情操，为人民提供娱乐和休息的创作和表演都是必要的，都是要鼓舞人们奋进，给人以希望，而不是失望。所以说坚持"两个服务"是什么时候也不应该忘记的。

要坚持文艺生产的社会效益，把好的社会效果放在文艺功能的首位。看一个作品或表演，首先要看它产生的社会效果如何。如果是真切地反映人民的思想和生活，是鼓舞人民前进和向上的，是直接地或间接地有助于提高人民的思想、品德、情操，即所谓有益于世道人心的，那就是好的社会效果。有的人说，文艺创作不需要考虑社会效果。一个作家、艺术家进入具体创作时当然不可能时时考虑此点，而是要按照自己的思想和艺术修养从事创作。但这种创作成果出来后，就要用社会效果衡量一下，或好或不好。所谓文艺不考虑社会效果，我历来不同意这种看法，我们的价值观念决定我们对于文艺要有社会效

果的要求。〔《创作　人才　思想——在全省市、地、州文联工作会议上的讲话（摘要）》，1986年3月17日〕

现在有人说，文学就是文学，你讲什么社会主义文学？我在四川历次会议上都说，我们不能把"社会主义"这个帽子丢了。因为这是不知多少千万烈士的鲜血才换来的社会主义文学的帽子。现在有些人认为戴社会主义文学帽子可羞。我认为无论任何时候都不能把这顶帽子丢了。我们从事的无论是雅文学、纯文学，或是通俗文学、传奇文学，都是为社会主义服务的，为人民服务的。这是我们的宗旨，也是我们宪法上规定了的。而所谓不要社会主义帽子，实际上早就戴上了一顶莫名其妙的不知从哪里抓来的各色各样的帽子而自己还不觉得，还很得意。这种现象很值得考虑，不管怎么说，我作为一个中国人，首先必须明确是搞社会主义，搞社会主义文学，我认为任何时候都不能把这个帽子丢了，因为我知道那是好多烈士奋斗牺牲而换取来的。

文化阵线上工作的人，对于反对文化入侵，坚持自己的主流意识，有不可推卸的责任。我们作家就是民族精神的传承者，民族主流意识的固守者，民族灵魂的铸造者。我们的责任是光

荣而伟大的。(《谈谈雅文学与俗文学——在〈华子良传奇〉作品讨论会上的讲话》,《当代文坛》,1987年第5期)

作者: 乡土文学、少数民族文学及"川味"文学在马老的作品中都有体现。丰富的生活经验,历史和社会知识共同构成了作家的写作来源,马老在创作中也保持了这样的川味。一方面,受巴蜀民情风俗浸染,马老将社会上具有独特风姿的民俗,经过艺术的加工与提炼,运用到作品中,将"摆龙门阵"进行了艺术的升华,是构成作品内容和形成民族化特色的重要因素之一。另一方面,马老有着对革命斗争生活的真切感受和亲身体验,也始终用饱含真挚又深沉的革命情感去书写革命故事,因此马老的作品总是有着激动人心的力量。马老总是希望四川的作家要多一点"川味",多一点闯劲。

马识途: 乡土味是我们四川的好作品的共同点。像巴金、沙汀、李劼人、艾芜等作家的作品,都具有这种乡土气息,并且有时代特色。我希望我们四川的青年作家,能够多留心在这样一个新时代里四川所发生的事情,多留心土著人物的特点、语言、风格。我反对那种放之四海而皆准的格调。那种作品,过几年就没人要读它了。现在有些乡土文学写得很好,《钟鼓楼》有北京的味道，《四世同堂》北京的味道更足。我们四川的风土人情很有趣味，希望我们四川作家的作品多带些川味。

最近吕叔湘同志写了一篇文章，批评一些作品用的土语太多，有些文法也不通，认为这是当前文学创作的一大弊病。其中提到用土语太多的就有四川、湖南等省的作品。我赞成他的意见。最近，我看了一部电影，电影还可以，但人物对话用的是甘肃话，简直听不懂，这样并不好。我说的小说川味不是要完全用四川土语来写作，而是要用经过纯化了的四川文学语言来写，把四川话里面最好的东西文学化。用这种文学语言来写。而且语言也仅仅是一个方面，真正能表现川味的是四川人的气质、性格、传统、风土人情。作者在作品中只是把"格老子"多写几个，不写出人情风俗来，那没有用处，那不叫"川味"。

我讲乡土文学，也不是提倡地域观念的封闭文学，而且我觉得乡土文学在题材、形式、语言等方面也要多样化，要有个人的风格。巴金写《家》就有成都的味道，大家一看就会想到成都大公馆的样子。他的作品和李劼人的作品就不一样，各人有各人自己的风格，但都有成都味道。我们现在有的作品不晓得写的是哪里的，看不出什么特色，好像是放之四海而皆准，有的甚至是把外国小说拿过来改头换面，很像是请外国人来干中国的事。这种东西是没法长久的。越有地方性，就越有全国性，也就越有世界性。

我们四川作家的作品，包括在你们刊物上发表的作品，最好要有乡土气息，而且要有个人的特点、个人的风格。我也不同意把展览乡土里面落后的现象、落后的风俗习惯叫作有乡土味。有些人提倡"寻根"，但是把那些最原始、最野蛮的风俗拿来展览，或者在大家面前猎奇般地把那些结婚方式拿出来表演，认为这是乡土味道，我认为那并不是真正的乡土味道。搞那种东西实际上是在猎奇，哗众取宠，展览民族丑态、劣根性。

就我个人来说，我是想要写点四川味的、通俗的、有讽刺意味的那种新文学作品。（《我说〈青年作家〉——庆祝〈青年作家〉创刊五周年》，1986年4月）

我们西南五省区偏处于一隅，孤陋寡闻，要赶上发达区域的发展热潮，的确不行。但是我们是搞文学创作，不是搞经济生产，不是先华东、再华中而后华西那样有顺序地繁荣昌盛的格局。我们完全可以和发达地区的文学创作一同前进，并力争上游。问题在于我们是否能自尊自重，奋发图强。我们必须扎根于西南自己的泥土里，生长出有泥土气的作家，创作出具有自己特色的作品来。

西南这几个省区经济上是落后的，思想上是闭塞的，文化上是不发达的，但是现在却正在经历巨大的变化。经济上的改革，引起思想上的震动，人民在和昨天告别，艰难地前进着，产生前所未见的思想矛盾和斗争，这文化干瘦的土地被改革的闪电照亮了，引来心灵的震荡，再加上西南众多的少数民族的社会的、心理的、民俗的多姿多彩，这些都是我们创作的好素材，其丰富的程度绝不亚于经济先进地区，我们完全可以创作出具有地方特色的好作品来。唯有不赶时髦，扎根生活，写出有地方特色，有个人风格的作品来，才能真正走向全国，赶上全国水平。正如中国要走向世界，必须具有中国的民族特色一样，越是民族的便越带有世界性。不仅我们中国能走向世界，还要世界走向中国。我们为什么那么热衷于亦步亦趋地模仿和抄袭西方，跟在他们掀起的浪潮后边跑，而不是用中国的特色引来他们对我国文学的正视和借鉴？无出息地模仿和赶浪潮，是创作的死胡同，有的作家说，有的人写来写去把自己也写不见了，他既没有认识社会，也没有认识他自己，这样创作下去就没有

多少出息了。我们五个省区的创作一定要写出自己的特色和风格来。(《竹海笔会拾言》,《当代文坛》,1986年第5期)

显然地,我们要去赶经济中心、政治中心那些反映重大经济、政治主题而取得突破的创作,是比较困难的。我们必须找寻我们自己的优势和地方特色的那种题材,有自己特有的文化内涵,有自己的特殊风格。在这方面如果不能突出,便不能希望在全国突出。能不能说,越有地方特色就越具有全国性呢?我们去赶大题材、大主题,赶各种时髦的新潮,都会赶在人家的尾巴上,不会有多大出息。过去的弱点也许正是在这种"盆地意识"的自卑心理支配下,却偏要去赶大浪潮,花费了我们作家的许多精力和时间,却建树甚少,甚至把自己的笔风写坏了。别人有别人的优势和长处,他们那么写可以出大作品,我们去邯郸学步,只有爬着走路,不大可能出头。我们要有自尊、自爱和自强之心,找出自己的特色而又能赶上时代的脚步,这样便会更有出息一些。

至于这些地方文化特色、风格、品质、语言以至题材、体裁到底是什么,以何好,我不知道,请大家研究。我从巴金、李劼人、沙汀、艾芜这些四川作家的出现,有一点启发。他们可以说都是冲出夔门，抛弃盆地意识，走向大世界，走向时代洪流，才得以发挥才能的。但是他们之所以在川外崭露头角，却是得力于描绘四川地方的风土人情，文化传统，四川人的气质、风格、语言等。这些对于他们在全国的成名关系很大。如果他们那时候也只写上海滩头的事，恐怕未必能出头吧。鲁迅如果不写绍兴风物人情，也很难显出特色来。

我以为为了反对"盆地意识"，为了冲出去，便忘了自己的根基，想去附人骥尾，趋赶时髦，摒弃自己所熟悉或应熟悉的生活，抛弃事实上存在的四川特色，即所谓"川味"，不想孜孜以求表现地方特色和个人风格，而盲目地去赶时髦，学皮毛，想轻飘飘地走向全国以至走向世界，是不会成功的。

就以全国的一些作家来说，沈从文写了湘西边城，汪曾祺写了苏北乡村，刘绍棠写了通州运河沿岸，以至新起的郑义写了高原黄土地，贾平凹写了商州，何士光写了贵州的山地风土人情，才得以出色。这些都给我们以信息，必须写自己最熟悉的生活，写出乡土气息和风味，写出地方特有的风采、文化气息、习俗、语言等，也就是写本土的普通人和事，在自己的文化岩层中进行深层的挖掘，那里有闪光的宝藏，有具有长远价值的东西，应该锲而不舍地去追求、探索。不要理会别人说是小家子气，土头土脑，没有恢宏气概云云。伟大常常存在于渺小之中，英雄不生于豪门而多出于草泽，这是古已有之的。

我以为是要克服"盆地意识"而又紧紧拥抱盆地，深入盆地，打自己的深井，才有希望异军突起，也许真能像前辈老作家那样一群一派地出现于全国文坛。当时他们不出川不行，现在却不一定要出川，只要克服"盆地意识"就行了。（《文学的一点思考——在西南五省区作家龙宫笔会上的发言》，1988年5月）

四川的文艺就是闯劲不够，我们应该有更多的闯劲，要解放思想，放开手来好好干，搞各种各样的创新，各种各样的试验，这是最根本的东西。我们四川有的是人才，就是路子走起来放不开。我感到，要有新的思想、新的趋向和当代意识。我赞成徐棻谈的，能够推动我们历史前进的、适应我们人民绝大多数人需要的，这应就是当代意识。我们的各种艺术形式都要进行改革，以适应人民的需要。但是要注意到，我们中国自己的民族形式和民族文化才是一切朴素的基础。特别是我们四川的文艺应该具有"川味"。实际上，"川味"在全国引起了文艺界的重视,但我们发挥"川味"的特点很不够,这方面也是需要创新的。(《在四川文艺创作座谈会上的发言》,《四川文艺报》,1991年5月)

过去我曾经在少数民族文学创作座谈会上说过,我们不仅要会写自己所在地的汉族社会的生活,更应该多写少数民族地区的社会生活;不仅善于用汉语进行创作,更应该有较多地用少数民族语言进行创作的作家;不仅写少数民族现实生活,而且写少数民族过去的"根"的生活,像我们曾经看过的美国黑人的《根》那样的作品和南美洲出现的很出色的类似的寻根作品。这样的作品写好了是可以轰动世界的。这样的作品不可能希望汉族的作家去写,这个艰巨的任务当然要落在少数民族作家的肩上。(《在四川省首届少数民族优秀文学作品奖颁奖大会上致辞》,1992年9月26日)

"龙门阵",这个始终没有查出它的出处却一直在四川广泛流行的俗语,被《龙门阵》这个刊物宣扬了二十年,终于几乎全国都知道"龙门阵"这个名词,都知道四川有一个叫《龙门阵》的刊物,都知道四川人很擅长摆"龙门阵"了。

北京有一位朋友问我,什么叫龙门阵?我一时回答不上来。说它是讲故事？是，也不是。说它是民俗掌故？是，也不是。说它是稗官野史？是，也不是。说它是说闲话，摆笑谈？是，也不是。说它是茶余酒后，俚语村言？是，也不是。那么龙门阵到底是什么？我只得指一指送他看的《龙门阵》说，这就是龙门阵。你读一读这本《龙门阵》，就知道什么是龙门阵了。我的朋友读了，他终于说出龙门阵原来是可以意会，不能言传的。他终于知道四川有这么个文化品位较高而又为人们喜闻乐见的民俗刊物。那上面刊出的历史掌故，稗官野史，趣闻逸事，奇风异俗，茶余酒后，诗词楹联，有一些都是时人见所未见，闻所未闻，读之可以发人智慧，启人思想，沁人心脾的。而且那文字也多有"川味"的幽默和讽喻，可以获得某些艺术欣赏趣味的。

  我以为，《龙门阵》当然还要继续发挥自己的长处，还要把过去大家喜欢听的老龙门阵摆下去，并且摆得更精彩，更吸引人。但是必须扩大新的读者队伍，吸引更多的中青年读者，这就恐怕要更多地摆新龙门阵，而且摆得更精彩。我注意到近来的《龙门阵》上开始较多地刊出现代社会发生的奇闻轶事，有的摆得也颇生动有趣。但是有的却不很好，取材和描述都与时下满天飞的社会性报刊的专刊上登的情爱、匪警、怪事等"快餐"故事相近似,文字也欠锤炼,缺少川味幽默趣味。这也难怪,从现实生活中随意拈来故事素材,匆匆加工,端了出来,本属于快餐,就很难顾上特殊的味道了。而且真正的龙门阵,我以为大概都须和现实生活保持一定的时间距离,近乎掌故,为现代社会所未见,才易引人猎奇。时新的奇闻新事,让新闻报刊去写甚至让那些专业撰稿人去"编",而《龙门阵》则多讲过去的事,所谓"故"事者,过去的事也。我这个想法也许绝对化一点了,但我想有点分工也好,《龙门阵》还是摆过去一点时间的龙门阵为好。(《把新龙门阵摆好——〈龙门阵〉创刊二十周年》,2000年8月30日)

作者: 马老是如何看雅文学和通俗文学的?

马识途: 任何文艺总是要反映时代和人民生活,这就是政治,离开这个政治是不可能的。

我们就是要在雅文学滑坡不怎么受欢迎的时候,拿出通俗而又比较雅的具有中国作风和中国气派的老百姓喜闻乐见的文学,为老百姓服务。这也是雅文学,但,是比较大众化的文学。我们完全有条件能创作这个东西。我们要去补这个空当,不要让过去读雅文学的人去读一些庸俗的、揭人隐私的作品。这种作品对我们来讲不是好事。

我是写雅文学的,但我也要写通俗文学而且已写了几本。不管怎么样,只要群众喜欢就行。雅俗结合应是我们文学应走的路子。我们四川通俗文艺研究会要组织创作这类文学,并通过市场,广为发行。

我们通俗文学也应从普及到提高,现在还没普及时很有必要普及,但要在普及中提高。我们追求既雅又通俗的新的文学,我相信,将来这种文学定是雅俗共赏的有中国特色的有中国作风、中国气派的老百姓喜闻乐见的文学。它会得到的读者是最多的。我愿意站到这个队伍中来,作为你们中的一员,为你们摇旗呐喊,而且终身不改!(《在四川省通俗文艺研究会第一届第二次常务理事扩大会上的讲话》)

不久前我曾说,我们的雅文学应往俗文学靠一靠,向通俗化、民族化的方向靠一靠,从而产生出更多的为中国老百姓易于接受、乐于欣赏的作品来;另一方面,俗文学应该往雅文学方面靠一靠,在艺术方面精益求精,努力提高质量。如果能努力做到既能继承中国文学传统,又能反映我们现代生活,适应现代人的快节奏的阅读习惯，通俗文学将更加发展。

我对雅文学不是持否定态度，但是对雅文学往另外一种所谓更高级的，以至于高到外国去的那样的一种水平发展，我是不赞成的。我希望我们的雅文学仍然是为我们中国人写的、给中国人读的，是中国的社会主义文学，而不是抄袭和照搬外国人的思想、外国人的格调，用于反映中国群众生活的那样一种文学。我主张雅文学与俗文学携起手来，而不是互相隔离。雅文学往更通俗、更为中国老百姓喜闻乐见方面靠一靠；俗文学应在艺术上精益求精，提高自己的艺术水平，真正进入现代化文学的殿堂中去。俗文学要防止堕落。这样也许能产生一种新的、真正为中国老百姓所喜闻乐见的那样一种文体，那样一种新文学。到那时候，也许雅文学、俗文学这两个名词就不复存在了。这就是我们中国的社会主义文学。它的特点就是：为中国老百姓所喜闻乐见的、具有中国作风和中国气派的社会主义文学。（《努力创作雅俗共赏的文学作品——在中国俗文学学会四川分会成立会上的讲话》）

和中国的传统文化一样，当代中国文学也应该把文学传统继承和发扬光大，不要丢了祖宗留下的文学基因，要问什么是中国文学传统的基因,我回答不清楚,只想用"中国味儿"四个字回答,或者还是八十年前毛泽东说的经典话:"为中国老百姓所喜闻乐见的中国作风和中国气派。"

我一直梦想有一天中国当代出现一种雅俗共赏,老少咸宜,不雅不俗既雅亦俗的当代文学作品。(《对中国文学的一点看法》,2019年9月10日)

作者: 我们多次听马老谈起过对四川文化、文学与图书出版的一些看法,马老的这些看法总是让人耳目一新又给我们不少启迪,引发我们的思考。

马识途: 从中国的文化建设上来说,从古到今,四川这个地方始终是一个重要的基地。一直到抗战,一直到建立新中国,都是如此。在这样一个文化基地之上所涌现出来的各方面的文化巨人是不少的,这都与我们图书的出版、发行事业很有关系。没有这样一个文化比较高的土壤,不可能开出那么多的文化花朵。从这一方面来说,我觉得还有很多文章可做。

四川从古到今,哪怕就从唐朝说起,一直是一个比较安定的地方。在中原一带比较混乱的时候,四川比较安定,许多文化人跑到四川来,做了很多文化方面的事情,比如大足石刻就是例子。出版方面，后来就出现蜀版。这些东西应该好好地研究、记录，把它说清楚。到底在四川这个地方，过去文化发展的源流如何？我们在图书发行、图书出版、图书馆事业方面到底作了些什么贡献？我认为都应该好好地把它搞清楚。应该给子孙后代有个交代吧。

在这样一个汹汹横流里面，真正当中流砥柱的应该是我们的书店，我们的新华书店。我们的新华书店，就要真正成为一个导引群流的强大力量。（《在〈图书事业志〉编纂工作座谈会上的讲话》，《成都志通讯》，1996年第1期）

四川文化在中国文化中是有其独特的地位和丰厚的内容，很值得介绍、评价和研究，并发扬而光大之。且不说自古流传下来很有特色的巴蜀文化（现在虽然重庆和川东划出去了，巴文化和蜀文化是不可分的）的开发、研究工作，可以说才开了一个头。就是四川的自然景观、人文景观、文化渊源、历史人物、图书典籍、语言文学、风土人情、民风民俗、山川风光，都有其特殊的魅力和丰采。研究四川文化可以对中国文化起窥其一斑见其一豹的作用。我以为四川文化的介绍和评述，实是一件大工程，要有许多文化人予以关注，要有许多书刊为之

出版。(《从〈四川文化〉说到四川文化》,《四川文化》,1997年第6期卷头语)

为了繁荣四川文学,不改革创新是不行的。当他们遇到困难时,要帮助解决;当他们在改革中出现缺点或错误时,要善于包容和改正,不求全责备,不说风凉话,不做事后诸葛……希望四川省在全国正在促进文化大发展大繁荣的时机,考虑文学是文艺的母体,包括文化产业在内,希望向文学多投入一点,《四川文学》作为文学主阵地之一,也是主要文化事业之一,也是四川的一块牌子,希加意呵护……(《我当名誉主编了》,2012年11月21日)

作者: 任何一个国家的文艺作品,都是将本民族的审美体验、审美判断等精神形态综合以后的具体体现。无论是作家本人还是阅读者群体,无一例外都生活在风俗习惯相同或类似的环境中,接收到的教育模式,传递的民俗信息甚至执行的行为方式都是一致的,由此也导致了审美意趣的趋同性,作为作家本人来说,往往是集中了民众集体爱好和情趣之人,结合自身的审美经验实际而写出的作品,马老也同样不例外。马老曾在自己创作谈中说,原本《夜谭十记》中最后一记打算写《卖画记》

的，情节人物都是现成的，最后因为自己对古画缺乏相应的知识，又没有充裕的时间去补课而放弃了写作这个故事。可能有人会很费解，为何一篇几千字的小说背后还需要准备那么多东西，但其实对作家来说，五花八门的学问，古代文学等修养都是创作出一篇有民族性特征的好作品的关键，绝不能是东拼西凑、浅薄无知，甚至只要够用就拿来凑数就可以一蹴而就的。

三、马识途式的幽默与讽刺

作者：马老毕生在文学创作中追求和坚持的都是"为中国老百姓喜闻乐见的中国作风和中国气派"，这是马老自己努力的方向和追求的风格。马老崇拜和欣赏鲁迅、巴金、沙汀等作家，也学习国外一些优秀的文艺大师如果戈理、契诃夫、马克·吐温等人，善于在看似平淡的日常生活场面的描绘中，表现出不平常的深远意味；在可笑之中写出可歌可泣的东西。还巧妙地将四川人的方言口语融入自己的创作，使自己的文艺作品有别于一般市井说书人，也不仅仅是为了满足茶余饭后的插科打诨或无聊消遣，而是"包含一种政治思想倾向，一种革命传统教育"。幽默不是庸俗，讽刺是含泪的微笑，怎么理解？

马识途：讽刺中，有一种所谓含泪的微笑，如《拉郎配》是个悲剧，而且是个大悲剧，但这个悲剧是以喜剧的形式来写的。以喜剧的形式写悲剧，这在外国也是比较难的事情；还有一种是辛辣的无情的揭露和刻毒的讽刺，这比较容易些。要运用一种平淡的、老实的，然而是幽默的手法，深刻地揭露和讽刺社会中落后、丑恶的甚至是反动的东西，必须具有相当高的艺术水平。这些东西对我产生了比较深的影响。鲁迅的小说，曹禺的剧作，有的讽刺得非常有味道，像曹禺《日出》中的那个张乔治就很典型，很有味道。我很喜欢这种讽刺艺术，并努力追求它。

说到讽刺，我喜欢追求比较淡的讽刺，也就是以一种幽默的方式来进行讽刺，但决不谩骂，说你看这个人多混蛋。鲁迅说，"讽刺的要义是真实"，我就是把喜剧因素的社会真实冷静地写出来，让人们看了可笑，引起鉴戒。我喜欢冷讽，不大喜欢热嘲，我不赞成明显的辛辣的热骂。我的小说中的被讽刺者，虽然多么不合时宜，不合潮流，扭着历史车轮在反其道而行之，十分可笑，然而他硬是在那里认真地干，认真地生活，按照他的人生哲学、他的世界观在干，不管是多么可笑。要做到冷静的幽默讽刺较难，热骂热嘲容易。不能把讽刺变成低级挖苦，流于油腔滑调。我要求自己"讽刺而不谩骂，幽默而不庸俗"（原来我提的是"幽默而不滑稽"）。

讽刺要把社会上不应该存在的东西展示给人看，引起人们思索。喜剧不一定逗人笑，有的还引人哭。我写的东西不希望大家看后哈哈大笑，希望大家抿嘴微笑，在微笑中感到有点意思就行了。（《且说我追求的风格》，《当代文坛》，1985年第1期）

首先，要更加广阔地开拓题材和生活面。

目前正是处在我国改革前进的大时代，各种人物、观念、矛盾冲突，各种震撼人心的事件，各种闻所未闻的事，如万花筒一般展示在我们面前。只要不闭目塞听，不蜷伏在用自己的观念构筑起来的自满自足的象牙塔里，不满足于自己身边的琐事，杯水风波，个人恩怨，花月风情，而投身于群众的"四化"建设的洪流大波里去，那是有许多题材可写，许多的风流人物可以描绘，许多荒唐和怪谬的人和事可以进行揭露和讽刺的。

我们处在一个伟大的时代。处在一个除旧布新、新旧交替的时代，这是一个讽刺、幽默可以大大发挥作用的时代。而且，幽默和讽刺也可以说是我们四川人的一种特性。四川人一般都有些幽默感，遇事不喜欢直说，而是艺术地用幽默和讽刺来表达自己的意思。对于我们国家来说，对那些丑恶的、荒诞的、不合理的东西，应该让大家嘲笑它，"笑着和过去告别"，给人以向前的勇气和信心。这样做没有什么不好。

当然，有的作品水平不太高，缺乏深刻反映生活的深度，只是把表面可笑的东西写一下就完了——你看这个人多可笑啊！太表露了。太表露不好，讽刺太表露就是谩骂。谩骂不是讽刺，这不需要。你就老老实实地反映生活吧，生活就是这样一种实实在在的东西，用不着评论，用不着骂人，用不着讲我是在揭露你。我就是实打实地写生活，尽量使它的意义深刻一些。漂浮、表面，只是博人一笑，而不能引起人家的深思，这样的讽刺文学水平是不高的。

在讽刺艺术中，杂文、漫画是不是也可以发展？我看最近《人民文学》在杂文这方面比较重视，每一期都要发几篇，《新观察》每一期也要发那么一两篇。我觉得这些杂文能够针砭时弊，引起人们的重视。同一题材，变成政论性的就是杂文，变成小说性的就是小说，变成线条形象的就是漫画……这不仅仅是我个人对讽刺文学的爱好,而是我认为中国非常需要讽刺文学,需要发展这样一种形式。

说到杂文,有人说现在不需要投枪和匕首了。我说不然,有些问题需要解剖刀来解剖解剖,有时还要解剖得血淋淋的。但这是为了治病,不是为了把人杀死,是给他开刀,开刀是为了把他的烂疮割掉。与其把伤口溃疡当作桃花来歌颂——那么美丽,红艳得很哪——还不如干脆用刀子拉开,让淤血流出来就好了。我想,杂文是应该永远存在的,而且应该发展。同样,漫画也是一样,好的漫画比若干篇枯燥论文的力量还要大些。(《我说〈青年作家〉——庆祝〈青年作家〉创刊五周年》,1986年4月)

从这里就可以引申出一个道理来:在一个社会中,越是讽刺文学兴盛,越能显出这个社会对于自己存在的自信和强大,越是敢于把旧社会不可避免地带来的种种痼疾和丑恶揭发出来,以求得早日疗治,使自己变得更为强健。我相信我们这个新社会是顺应历史发展的必然性而出现的,它有无比强大的生命力,它不害怕从自己的身上涤荡尽历史遗留给它的污泥浊水。我愿意做这样的社会的清洁工、历史的清道夫,把那些阻碍历史前进的污秽加以扫荡，把那些无价值的东西，以喜剧的形式撕破给人看，我就是这样才满腔热情地写起讽刺小说来的。

  我的讽刺小说大概只不过浮光掠影地描绘一点社会现象，给那些可笑、可气、可恼、可恨的"现世活宝"，勾几幅速写照而已，能不能算是讽刺文学，其实我也说不准。（《讽刺是永远需要的》，《马识途文集》第八卷·讽刺小说及其他序言）

作者：除了小说之外，散文也是马老创作较多的文体，尤其是杂文，是马老较为喜欢的文体之一，无论是较早期的《盛世二言》（《盛世微言》和《盛世放言》），还是后期的《西窗闲文》《百岁拾忆》等，都体现出马老对生活的热爱和对各类社会现象的关注。马老的散文和杂文不仅曾在《成都晚报》上开过专题，也在《四川文学》上作过专栏，林林总总，无不体现出一个"位卑未敢忘忧国"的文人，在通过文字这样的方式了却自己善良的心愿，因为它"于世道人心有益"。马老多次说过，散文就是以手写心。

马识途：我以为，散文的创作之法，其实是有法而又无法的，要在有法无法之际，于有法中求无法，这便是真有法。所谓有法，就是散文创作是有其普遍规律的。写散文首先是于所见事物有真感动，在内心里有真感情。没有这样的境界，便写不出或写不好散文。

但是散文创作又是无法的。也就是说，任何一个散文作家，都是以手写心，散文是他内心的外化，是他的自我观照。正如世界上没有两片相同的树叶一样，世界上没有两个内心和面目一样的人。即使是在同一境界中，他们写起散文来也是各不相同的。各人对于外界的感受不同，取材内容不同，切入角度不同，行文笔法不同，遣词用字不同，写出的散文自然是各呈异彩。因此，写散文便没有一个固定的格式，一种不变的法门。如去强追某人，必定是东施效颦，贻笑大方。所以每一个真诚的散文作家，必定是刻意追求自己的特有的风格，也就是在有法无法之际，于有法中求无法，于是才真有法写出情真意切的好散文。（《当代四川散文大观·序》，1995年3月27日）

我以为散文，和其他的文学样式一样，还是要关注人生，有益于世道人心；要追求真善美的审美价值，以之净化人们的灵魂。

我还以为写散文，要对事物有真认识，有真感动。无理无散文，无情无散文。也就是说，散文须有思想，须有情致，还须有文采，须有个人风格。

然而现在有些散文，好像在刻意追求一种格调，且有流行之势。他们以高雅自居，以闲适幽默相标榜，远离现实生活，不关心生民疾苦。或冷眼看世界，或调侃人生，或游戏笔墨。有些散文文字精巧，刻意取笑于人，取媚于人，过分淋漓尽致，分明是有意做出来的。散文贵在真情，贵在自然，就是鲁迅说的"有真意，去粉饰，少做作，勿卖弄"。这种文字，读起来可以逗快感于一时，却经不起咀嚼，没有多少留给人的余味。这样的文字略备一格，可以，但不宜大力提倡，更不应一窝蜂地追逐。

我以为好的散文，不仅有情，有理，有文采，有个人风格，还应该给人以哲理性的启发和感悟，然而又不是故作高深。"玩深沉"似乎也成为一种风气，这比"玩淡化"，还令人讨厌。
（《在四川散文学会1997年会上发言》，1997年）

我以为幽默，调侃，滑稽，噱头，其含义是不相同的。噱头是庸俗，调侃是冷漠，滑稽是无奈，只有真正的幽默，才是悟透人生，看穿世相，而又以精美构思，言人之所欲言而不能言、道不出者。现在有些故作幽默状，其实不过是等而下之的

"白相"而已,隔幽默不知其几千里。(《散文杂言》,1999年6月)

散文,不仅要有情有致,还要多关注人生,反映现实生活,于世道人心有益。当然我这又是"文学有用论"了,与文学无用论者是不可同日而语的。

学写散文,我以为要以冰心和朱自清为榜样。首先要有他们那样的心与情,那样冰清玉洁的心,那样善良和纯真的情。洞察世相,深谙人情,大悲大悯;能入又能出,故能悟,悟之透,才能有他们那样的心境,才能写出他们那样的散文。他们的散文不是写出来的,更不是做出来的,而是从他们的心中自然流淌出来的。所以,散文贵在真情,贵在彻悟,贵在自然。

现在有些散文,总觉得有些做作、卖弄、故作高深、故作有趣,取悦于人,取笑于人,取媚于人,其实心无所绾,情无所动,理无所明。他们的文章是在有意做给人看的,这样的散文很难打动人心,启迪心智。从古至今,凡是有生命力的散文,都绝不是那种遁世、厌世、玩世的小品文,也都不是那种花里胡哨,以卖弄为能事的空心文,而是那些真正入世的,关注人生的,具有入地狱的大悲之心的文质俱佳的散文。古人一贯主张"文以载道",这个道,就是现实生活。既远离现实生活,又缺乏真情、真意、真知,怎么可能写出好的散文呢?(《散文要反映现实关注人生》)

作者: 马老认为杂文虽然是散文的一种,却在散文中卓然而立,独秀一枝。马老的杂文笔触辛辣,题旨鲜明,语言明白晓畅又富有深意,犀利直率又不失幽默风趣,一如马老的性格。

马识途: 杂文本来是具有战斗性同时又坚持多样性的。杂文应该有战斗性,战斗性可以说是杂文的本性。杂文本来就是要正视现实,直面人生,做新生事物的吹鼓手,发新时代的最强音。而绝不和那种一味粉饰生活,插科打诨,无病呻吟,或逃遁生活,"侃"不及义,闲情逸致,温柔敦厚的人们同调。但是杂文和一切文学作品一样,是坚持多样性的。有些杂文议论某些社会现象,以揭示人生哲理,或深层次地解剖国民性,或阐释历史文化。有些杂文言近旨远,言浅意深,以小及大,说古论今,虽不能振聋发聩,匡时正世,却于世道人心也有些益处。即使如此,也不能磨钝杂文的战斗性。至于杂文文章风格,更应该是多样的,各有千秋,异彩纷呈,是自不待言的了。"双百"方针永远是杂文创作的指导方针。

我毋宁说，当前的杂文，只要能表现时代精神，为新事物鸣锣开道，针砭腐朽落后的旧事物，也就不坏，只要能及时产生社会效果，推动改革和建设前进，便是好的杂文，即使生命力不长，也算不得什么。

在以改革为主旋律的时代里，新的东西呼唤着自己的出世，旧的东西却不愿退出历史舞台，美好、先进、光明与丑恶、落后、黑暗的斗争是不可避免的。以犀利的笔作扫帚对一切落后的、陈腐的、黑暗的旧制度、旧思想、旧习俗以及种种精神垃圾实行无情扫荡的杂文便应运而生，且富于生命力。目前几乎无报无杂文，无刊无杂文，便是证明。那些挂着革命招牌却满脑子"赵太爷不准革命"的旧思想和有"癞痢头"的阿Q对于光亮的忌讳，要来对号入座，是不足为奇的。敢说、敢打、敢哭、敢笑、敢"我以我血荐轩辕"的杂文作家，即使被人对号入座，又算什么呢？这不正是证明你的"砭痼疾常取类型"（鲁迅语），击中要害了吗？即使被来对号的人挥舞权力棒，又能怎么样呢？

"讽刺是永远需要的。"这是1942年毛泽东同志在延安文艺座谈会上讲的话，我相信这是真理。解放后，文学泰斗茅盾不止一次说到要提倡讽刺文学,我也有此同感,并且想用自己的创作实践来响应号召。因为我相信,我们正经历着从一个旧的社会过渡到一个全新的社会的伟大转变。一些陈旧的、落后的以及反动的事物总不肯自动退出历史舞台,总要和新生事物进行垂死的斗争。由于旧的事物是不合时宜,逆潮流而动的,它们在历史上是不得其所的。已经失去了存在的价值,然而偏偏要把自己的无价值表现为有价值,把被历史扬弃的东西顽固地加以肯定,于是不得不显出其外强中干、色厉内荏的本色,于是不能不在新社会中出现许多啼笑皆非的事件和荒唐可笑的人物。马克思说过"世界历史形式的最后一个阶段就是它的喜剧"。又说"为了使人类能够愉快地同自己的过去诀别",为了"把陈旧的生活方式送进坟墓",自然就会出现把历史上已经无价值的东西撕破给人看的喜剧。于是作为"喜剧变简的支流"(鲁迅语)的讽刺文学便应运而生了。讽刺文学家就是把那些在历史上"不得其所"的无价值的东西撕破给人看,将其落后而顽固、色厉而内荏、空虚而自鸣得意的本色揭示给读者,从而肯定新生的事物,肯定历史的前进。(《杂文杂言》,《青年作家》,1985年第1期)

现在虽然不能说是"杂文的时代"了,但是我们现在的时代的确需要杂文。甚至我以为杂文存在于一切时代,一切时代都需要杂文。

杂文虽然是散文的一种,却在散文中卓然而立,独秀一枝。它不同于抒情散文那么依景抒情,使情成趣,优美动人;它不同于记叙散文那么有头有尾,委婉有致,别有风味;它不同于政论时评那么洋洋洒洒,立论宏深,声震遐迩;它不同于那种清词丽句,妩媚圆滑,歌功颂德,取悦于人的赞辞颂歌;它也不同于那种活得无聊的"多余的人"的吟风弄月,无病呻吟,插科打诨的文字游戏的所谓小品文。杂文是严肃认真的,针砭时弊,不留情面,批逆鳞,捋虎须,对一切黑暗的腐朽的落后的思想和行为宣战。它是见人之所惯见而言人之所不能言的;它是随意而发,无所顾忌,骨鲠在喉,不得不吐,不那么温柔敦厚、趑趄嗫嚅;它有如投枪,有如匕首,锋利有力,一针见血,绝不学钝刀子割肉,不痛不痒。它从不去别人的痛处抚摸安慰,甚至把脓血说得艳如桃花,把嗡嗡的苍蝇说成是忠勇卫士和音乐家的,它并非庙堂的皇皇大作,也不是工作的总结报告,面面俱到,分寸不爽,它是难免要受"片面"之讥和"过激"之嫌的。

写杂文的人的血管里流着沸腾的血,他们对于新生的和光明的事物不惜供奉以鲜血,而对于阻碍新生事物出现的一切腐朽的制度、思想、文化、道德、习俗以及形形色色的精神垃圾,不惜以扫帚作笔,以鲜血作墨,无情地加以扫荡。

杂文的长处就在于杂而不杂,正如散文在于散而不散一样。杂文的确是古今上下、天南地北、世道人心、是非得失,无不可议,无不可谈,但其旨戒杂,意戒浅,文戒粗,语戒陋,满腔热忱,信笔挥洒,议论横生,妙趣天然,针砭时弊而心存汉阙,无伤大雅。杂文总是从纷至沓来的社会现象中摘取典型,青蘋之末,一叶之落,于微末中见大义,于褒贬中知趋避。说到痛处,不留情面,却真以指事,诚以对人。那种吞吞吐吐,转弯抹角,隔靴搔痒的浮泛之论,其实不是杂文。目前有些杂文似乎喜欢说古论今,以旁征博引为能事,固然没有什么不可以,而且揣摩起来,其心甚苦,多是事有所指而笔有所忌,只好这么含糊其词,让读者猜测。但似乎终不如直面惨淡的人生,取其类型,直抒胸臆,敢说敢议为好。鲁迅所说的"我的杂文,所写的常是一鼻,一嘴,一毛,但合起来,已几乎是或一形象的全体""这些杂文和现在切贴，而且生动，泼剌，有益，而且也能移人情"，我以为，这样的杂文最好。我愿意复述出来与同道们共勉。（《在四川省杂文学会成立会上的书面发言》，1988年3月）

在这个五光十色、瞬息万变的时代，在快节奏的生活中，人们不耐烦等待精心刻画历史的鸿篇巨制，也不能满足于深奥道理的长篇大论。人们需要赞颂，需要呐喊，需要发泄，需要匕首和投枪，直指那些阻碍历史前进的腐朽的体制、思想、文化、道德、习俗以及形形色色的精神垃圾。于是乎需要与这个时代相适应的杂文。

杂文是一种特殊的文体，杂文作者具有特殊的品格。

当然，作为一个杂文作者，应该对祖国的社会主义事业无比热爱，对阻碍新政的势力深恶痛绝，对事有清醒的理解，对敌友界限十分分明。行文务求实事求是，不乱讽刺，不冷嘲，不谩骂，不致使读者觉得一切世事一无足取，一无可为。这就需要鲁迅说的写杂文时的"善意"和"热情"。杂文针砭时弊应取典型，不以点名或影射为能事。作者有心，读者有味，当事者可得鉴戒，足矣。

杂文为新体制、新事物呐喊，针砭时弊不留情面，在政治上能起清道夫的作用。但我想，杂文既然是文学的一个品种，它又能在艺术欣赏上赢得读者。因此杂文又必须在思想上力求有深度，在艺术上力求精益求精，使一篇篇杂文都如珠串，闪出玲珑剔透的艺术光辉。不如此，杂文便难以付之久远。当前正当杂文鼎盛之际，努力提高杂文的艺术质量，应该是时候了。
（《四川百人杂文集·序》，1988年）

我历来是主张杂文要干预生活，关心人民疾苦的。杂文之所以从散文中分离出来，成为独立的艺术形式，和鲁迅的干预现实生活、关心生民疾苦的强烈愿望是分不开的，这是鲁迅式杂文的根本品格，甚至可以说是一切凡称为杂文的这种文章的根本品格。杂文，作为一种艺术形式，自然是要求有深刻的思想和艺术的魅力，要具有历史的思辨性和艺术的感染力。但是首要的是它的关注现实，直面人生的内容。鲁迅也说过，杂文"和现在切贴，而且生动，泼剌，有益，而且也能移人情"的话。杂文之所以感人移情，有独立存在的价值，主要的就在于和现实贴切，言人之所欲言而未言，言人之所欲言而未敢言者。它就是要以其思想深度和犀利文笔，发人深思，动人心魄，启人心智，袭人心脾的。

杂文就是杂文，它不是消闲的闲文，它不是淡雅的雅文，它不是胡侃的侃文。它就是鲁迅所创立的那种杂文。它是关注现实的，然而它不是一般的时评。它应该有比时评具有更深刻的时代思想性，历史的思辨性。它有耐人寻味的多义性、联想性，有时间的延续性和历史的穿透力。许多年后，我们读鲁迅的杂文，仍然有新鲜感，还能启发人们对现实生活的思考，这当然和它的思想深度有关。如果鲁迅没有对人情世事鞭辟入里、一针见血的洞察力，是深刻不了的。但是这和他的艺术表现能力和语言表达功夫，也很有关系。比如选用什么典型的事件，从什么角度切入解剖，引用什么古今中外名人先哲的警言隽语，打什么比喻，章法如何结构，文字如何说得泼辣、幽默、有趣，入木三分，如何引而不发，含而不露地道出主题，这都是必须考究的。那真是要字斟句酌，呕心沥血，才能写好的。鲁迅在长期写作中形成了自己的独特风格。

我写杂文，总是受到某些现实事件的触发，有所感悟，才发而为文的，议论的常常是大家关注的热点，有时写出情绪来，以至字里行间，金刚怒目，疾言厉色，鞭笞铿锵之声可闻，总觉浅露,所以有时评之嫌。有些杂文家却是善于从生活中捕捉小事,加以引发,说出一番道理,以启发人们思考,联想社会热点。这就比我高明。而有的是从一件古事新事,一段逸闻趣谈,引古喻今,以洋说中,自由阐发,轻言细语,委婉有致,斐然成章,看出他独辟蹊径、别具匠心的功夫,这也是我所佩服的。(《我说杂文创作——四川杂文学会第八次年会上的发言》,1996年5月23日)

鲁迅创造了一种新的文体——杂文,它可以是攻击敌人的投枪匕首,也可以是治疗痼疾的手术刀和良药。我们现在也可以利用这种文体来为新生事物摇旗呐喊,成为为改革开放鸣锣开道的马前卒,也可以成为那些阻碍历史前进的腐朽事物的清道夫。

在中国的西部大开发中,杂文能干什么?我想就是这个马前卒和清道夫的任务。为了做一个称职的马前卒和清道夫,我想杂文作家还应该磨炼自己的武器,应该在社会知识上懂得更多一些,艺术表现能力上提得更高一些。杂文,不管怎么说,总是文学的一个品种,总是一种艺术。还有,我还想说,杂文最需要有骨头,杂文还需要进行韧性的战斗。一个骨头,一个

韧性的战斗，便是鲁迅最可贵的品质，也是杂文必须具有的品格。(《四川杂文学会2000年年会发言》，2000年8月25日)

鲁迅的杂文的确是既有深刻的思想，又有艺术的魅力。思想要深，文学要精，的确是杂文的要点，然而也是杂文的难点。要透过对现世相的描绘，看出社会的底蕴，这就有赖于真挚的政治热情和厚实的文化素养。杂文的深度总是由作家的思想深度所决定的，至于杂文的艺术魅力，则依靠作家的文字功夫，要使杂文具有个人的特点、个人的气韵和风格。(《杂文应该提高质量》，1986年)

目前散见于报刊上的杂文，的确反映了现实生活，体现了作者"位卑未敢忘忧国"的历史责任感和时代精神。如果没有这样的历史责任感和时代精神，不为社会主义改革开放鸣锣开道，不敢于去鞭挞那些阻碍历史前进的消极因素和历史沉渣，就丧失了作为一个新时代杂文作家的最起码的品格。这就是鲁迅所开拓的杂文传统，曾经起了振聋发聩、推动历史前进的作用。

要写出思想性和艺术性都较高的鲁迅式的杂文，作者就要卷进时代的浪潮里去，努力做到"世事洞明"而又保持"赤子之心"。不要沉湎于"人情练达",学得世故和油滑。那种一贯阿谀逢迎,把杂文当敲门砖的文人,是不宜写杂文的。就是那些不敢于直面惨淡的人生和复杂的现实,不敢于以笔代刀,仗义执言,解剖社会,解剖人的灵魂,而习惯用钝刀子割肉的文人,也写不出好的杂文。这正是鲁迅式杂文和目前某些杂文的分野。

我认为鲁迅式的杂文并没有过时,我仍然坚持写鲁迅式的杂文。但是我倒也不那么顽固,如果有新时期的杂文典范之作出现,在思想性和艺术性上的确比鲁迅式杂文要高明得多,我为什么不顶礼膜拜,并且跟着去创作呢?(《鲁迅式杂文过时了吗?》,1986年)

我自少年便自许是一个革命家,虽然我已经从工作岗位上退了下来,身在江湖,却心存魏阙,始终关注着祖国的命运和人民的福祉。要我不关注严峻的现实,直面惨淡的人生,是不可能的。要我看到社会上那些鼠窃狗偷之辈,那些贪赃枉法之徒,挖国家的墙脚,坑害人民,竟然无动于衷,是不可能的。要我吃着人民供奉的粮食,却心安理得去追求高雅,逃避现实,当精神贵族,我是做不到的。难道那么多的战友和烈士艰苦奋斗，英勇牺牲，就是为了让那些政治投机分子坐享革命果实，让那些精神贵族逍遥自在吗？回头看了一下我写的闲文，实在没有什么高雅之处，哪里算得是什么闲文，实际上越写倒越像杂文了。看起来我们这样写杂文的人，必定要在风雨中讨生活，在荆棘丛中寻路而行，有如"窃火者"，是注定要受苦的，哪怕写杂文要得罪一些人，要为此而为人所不理解，甚至要为此而付出代价。（《盛世放言·后记》，1997年11月27日）

作者：马老对幽默与讽刺是有着自己独到而深刻的思考，并将这些思考融入自己的文学创作中，成为文学创作中又一鲜明特色。他的幽默与讽刺，一是贴近生活、真实质朴，以真实的生活为基础，通过细腻的描写展现人性的弱点和社会的荒诞，使作品在轻松诙谐中展现出深刻的思想内涵。二是川味十足、语言生动，善于运用四川方言和民间语言，赋予作品浓郁的地方特色和幽默感。三是以小见大、含蓄深刻，常以小人物的生活为切入点来揭示社会问题，达到讽刺的效果。四是中西结合、形式自由，巧妙融合中国古典小说的叙事传统与西方讽刺小说的批判精神，创造出独具魅力的文学风格，为读者带来别样的阅读趣味。

四、马识途首倡的科学文艺是什么?

作者: 科学文艺是一个相对宽泛而复杂的概念,科幻小说、科学童话、科学诗歌、科学纪实文学、科学散文、科幻影视等都可以囊括其中。简单而言,科学文艺是一种将科学元素和文艺创作相结合的文艺形式,它通过小说、电影、电视剧、漫画等艺术手段,将科学知识、科学思想、科学精神和科学方法融入故事和情节中,使读者或观众在享受艺术的同时,也能够接受科学知识的普及和科学思维的熏陶。

马老的作品,尤其是小说作品,多以革命历史题材为主。这使得很多读者并不知晓马老和科学文艺也有着紧密的联系。马老自己是没写过什么科幻小说,但却始终对科学文艺保持着密切关注，给予积极的支持。这绝非一时兴起的浪漫，而是经过了理性的思考，对于科学文艺的功能、特征、题材等都有着深刻而系统的认知。

马老认为科学最珍贵的精神：实事求是。马老对科学文艺的长期关注与坚定支持，其根本原因是对科学的信仰与渴望。这种对科学的信仰与渴望大概从自己也没见过几次电灯的乡村教师搓着双手给懵懂村童生硬地讲解摩擦生电时就已经种下，其后又在出峡求学的经历中不断加强。虽然"工业救国"的迷梦被日本侵略者彻底打碎，马老义无反顾地选择了以革命救国救民，但在新中国成立后，在"向科学进军"被重新提起，在"科技是第一生产力"被提出后，马老心中曾经以科学造福人民的梦想再次被点亮。与科学界与文艺界都有着紧密联系的"两栖人"身份让马老对科学文艺的重要性有了更深刻的认识。在马老看来，既然科学文艺能够起到科学普及与科学启蒙的作用，那么为什么不大力支持它的发展呢？

马识途：科学最珍贵的精神就是实事求是，我这样说，正是立足于科学的实事求是的实际的考察的。（《川西珍稀植物及花卉·序》，1984年12月20日）

办科学事业,首先要有一种科学态度,也就是实事求是的态度。

科学工作是十分专门化的工作,要长期地、稳定地、专注地进行艰苦的努力,才可能取得成果。因此,必须为之营造一个稳定的外部社会环境和一个安静、文明的内部环境。(《前事不忘,后事之师——〈起步与腾飞〉序》,1998年11月)

作者: 在马老看来,科学文艺的首要功能就是科学普及与科学启蒙,能够引导人民,尤其是年青一代关注科学、热爱科学。在《祝科学与文艺的结合——代发刊词》中,马老用诗意的语言热情洋溢而又旗帜鲜明地阐述了对科学文艺这一功能的认识。

马识途: 谁是祖国明天科学的主人?我们社会主义的广大人民群众。要向群众普及科学知识,培养对于科学的兴趣,我们必须在他们的心田里播下科学的种子,使之在阳光雨露的滋润下,茁壮成长,开花结果。但是,科学知识往往艰深难懂,正如鲁迅说的那样,"常人厌之,阅不终篇,辄欲睡去",因此,必须使科学通俗化,这就要借助于文艺这个形式,用生动的形象来表述玄妙的道理。这就是科学文艺。

我们要培养明天的科学家,就需要今天的科学文艺。也许一篇引人入胜的科学通俗作品,能引导出一个明天的非凡的科学家,像法拉第自认的那样;也许一堂生动活泼的数学猜想的通俗介绍,带来一个未来的大数学家,像我国数学家陈景润所经历的那样。安知一部星际旅行的科学探险电影,不能启迪一个未来的宇宙的征服者?安知一部历精察微的科学幻想小说,不能鼓舞一个未来的生命奥秘的探索者?

那么我们为什么不用科学幻想小说、科学文艺去把广大群众,特别是青少年引导进理想和幻想的广阔天地里去呢?让他们在夏夜繁星闪烁的星空遨游,让他们去云蒸霞蔚的天空中去驰骋,让他们在数学的迷阵里玩耍,让他们在电子轨道上飞旋,让他们进蛋白质里观察,让他们和计算机赌输赢,让他们和机器人交朋友,出神入化,标新立异;使他们真如古人刘勰说的"寂然凝虑,思接千载,悄焉动容,视通万里",陆机说的"观古今于须臾,抚四海于一瞬"。而从他们这些科学的幻想、探索、追求和创造中,将如群星闪耀,涌现出许多卓越的科学家,将为我们创造出高度科学文明的明天。(《祝科学与文艺的结合——〈科学文艺〉代发刊词》,1978年)

作者：科学文艺的特征是什么？关于科学文艺曾一度有争论，科学文艺的特征到底是科学还是文艺，或者兼而有之？对此，马老建议搁置争议，大胆创作实践。

马识途：我不太赞成引导大家致力于科学文艺的定义和范畴的讨论，把它纳入严格的逻辑中，然后按框框来命题作文。我们办事情、想问题或做文章都不应从定义出发，而应从实际出发。怎么才能合于实际呢？只有实践。因此不妨先去实践，再求定义范畴。

如果我们卷入这么多的争论中去，并且要等待取得一致的定义和范畴，才敢明章作义，那就完了，科学文艺社也可以关门了，我看没有必要。有人说从来没有听说过，看见过，那么，我们现在出了《科学文艺》杂志，你不就看到了听说了。你说……我说，休管他人议论，文章我自为之。只要能够给读者提供一点科学知识，只要能叫读者得到一点艺术享受，都可以写，可以印，可以发行。对了，我看就这样，一个是科学知识，一个是文艺享受，哪怕是一点浅薄的科学道理，能以皇皇大文出之，可以，哪怕是深奥的科学道理，能以粗浅文字解释，也可以。至于从事科学活动卓有声誉的古人今人，华人洋人，或华裔之外人,或外籍之华人,都可以传记、速写、访问记等记述之,或毕生奋斗历史,或一事见闻,他们的事业精神,可以鼓舞人心的,也可以写。(《解放思想,繁荣科学文艺创作》,1979年11月)

现在我们开辟道路,尽管路旁有多少人在那里评头论足,指手画脚,也毋用多管!我们就是要埋头地往前走。只要我们能够对读者做一点有益的事情,能够得到读者的欢迎,我们的目的就达到了。我们更需要的是实践而不是争论。(《在〈科学文艺〉编辑部召开的作者座谈会上的讲话》,1980年2月7日)

作者: 在建议搁置科学文艺到底是"姓科"还是"姓文"的基础上,马老进一步提出,要发展科学文艺,需要兼具科学性与文艺性,"科文并重"。由于科学文艺兼具科学性与文艺性,所以,马老认为创作出优秀的科学文艺作品并不容易。

马识途: 科学文艺不管你说它是新生事物也好,说是老样翻新也好,甚至说它是骡子是蝙蝠也好,不管叫它什么吧,只要是既有科学性,又有艺术性,既给人以科学知识,又给人以艺术享受就好了。在这样的精神下,我们大可以在理想和幻想

的广阔天地里,手挥生花妙笔,大逞奇思遐想的。(《解放思想,繁荣科学文艺创作》,1979年11月)

我们从事的既然是科学文艺,那么从事科学文艺创作的同志,就必须具有广泛的科学知识,不仅仅具有科学的一般性的普遍知识,而且最好因人不同,还要具有专业的比较深一点的知识。既有对于科学发展的历史的了解,也有对于科学发展动向的了解。也就是说不仅对于科学的过去有知识,而且对于科学的未来也有所了解。这是一个方面。第二个方面,从事科学文艺创作还必须具有文艺的表达能力,能够形象化地、深入浅出地、引人入胜地描绘美妙的科学世界,给人们以知识,给人们以艺术享受。(《在〈科学文艺〉编辑部召开的作者座谈会上的讲话》,1980年2月7日)

有的科学家告诉我,有些科学文艺作品缺乏科学性,叫科学家看了笑话。有的幻想得过于离谱了,变成荒诞不经、神奇古怪的神话。有的则描写的不是科学工作者们的实际生活,也没有那样的实验场所,凭某一科学家非凡的天才竟然独立创造出21世纪或更往后的伟大发明。……还有的把某些在科学原理上说虽然是可能的,但是人类没有必要去进行那种荒唐的努力，写进科学幻想小说里去，比如遗传工程学可以发展到遗传受人类控制，以致出现新的动植物品种，难道我们会去干像在人头顶上摘番茄、脚底下挖洋芋这样一类荒谬绝伦的事吗？

……有的作家告诉我说，某些科幻小说里如果只看到莫名其妙的物质冲突，只看到新奇怪诞的幻想情节，只看到某些超乎常人的科学怪人，看不到真正的有血有肉、有性格的人，看不到人的性格的冲突，看不到特定的社会和人的关系在他们身上的影响，看不出时代、国别的时空差异，听不到特定的人的特定的不同语言，看不到经过锤炼的典型环境和典型人物，享受不到优美的语言艺术，有的多是苍白无味而又故作神秘的语言表述。这样的科学文艺作品是缺乏艺术性的，因而也缺乏感染人的力量，缺乏艺术生命力，甚至算不得什么文艺。总之，艺术性还有待于提高。

一是科学性，二是艺术性。必须在这两方面努力去追求更高的成就。不要自己把科学文艺看得那么轻巧，那么不值价，可以胡乱而为，可以草率从事。与其说科学文艺创作比其他文艺创作更轻便，毋宁说更困难些。而且应该想到，科学文艺也是文艺百花园中的一枝花，甚至比别的花更难培植些，要有一批人来作毕生的努力,才可能收得丰硕的果实。(《科学文艺创作一议——为〈科学文艺〉创刊三周年而作》,《科学文艺》,1982年第3期)

作者: 关于科学文艺的创作,马老有自己独到的看法。如何才能创作出优秀的科学文艺作品呢?马老每每谈及科学文艺的创作,常爱用高士其的《菌儿自传》为例,来谈怎样才算是优秀的科学文艺作品,以及如何才能创作出这样优秀的作品。在马老看来,优秀的科学文艺作品,不能只图新、奇、怪,最终还是得深入生活,关注现实,为时代服务。除此之外,优秀科学文艺作品的创作,还需要克服科学知识不足和写作技巧不足的问题。

马识途: 说实在的,我们现在可以称得上和凡尔纳、伊林比美的作家实在太少了。能够和高士其的《菌儿自传》产生同等影响的作品似乎也不多。还需要我们科学文艺作者做更大的努力。(《科学文艺创作一议——为〈科学文艺〉创刊三周年而作》,《科学文艺》,1982年第3期)

也许有的同志说,科学文艺工作者有一个深入生活的问题吗?我不是描写社会的,我也不是刻画人物的,我又何必要深入呢？只要我具有一般的科学知识，我善于想象，而且有一支生花妙笔，能够作出一些神奇的描绘，合理的夸张，出神入化的编排就行了，我何必要深入生活呢？不，我认为我们科学文艺工作者也仍然有一个深入生活的问题。……假如你不深入人们征服自然造福人群的斗争过程中去，不理解我们人是怎样对自然界进行斗争的，不了解人类认识自然界的方法和过程，你怎么去描述这样一些科学知识？假如我们不从现实出发，你的奇妙的想象又从何而来？难道不是客观世界反映到你的头脑里去，而是从天上掉下来或者是你脑子里固有的吗？我们要认识自然，就不能脱离客观，就不能脱离人类在征服自然的过程的实际，就不能不深入人们进行斗争的过程里去，这样我们才能更深地揭露客观事物的本质，这样我们才能写得更好。

我过去曾经读过高士其的《菌儿自传》，那是在30年代了，可以说我认识细菌是从他那个《菌儿自传》开始的，给我的印象是很深的。细菌是我们经常碰到的东西，而没有人去很好地注意它。高士其通过这一本通俗的《菌儿自传》，生动地加以描绘，读起来不感觉枯燥，而又使我懂得细菌是怎么回事，知道什么是好的什么是坏的细菌，认识细菌和我们生活的各种关系，我觉得这就非常切实。

所以说，我们不仅仅沉溺于遥远的将来，而且还要回到我们当前的"四化"建设的现实中来，用科学文艺为我们的"四化"服务。将来的科学前景是需要介绍的，过去的历史是需要介绍的,外国的和古代的科学家和他们的英雄业绩是要介绍的，但是，我认为对我们眼前的这些英雄人物在干什么，我们不能不关心，对于他们现在所面临的自然方面一些科学知识，我们有义务用文艺的形式向他们介绍，就像高士其这样的科学文艺工作者过去所进行的那样。

科学是需要幻想的，但是幻想并不等于科学，科学幻想，必须有一定的科学根据，而不是胡思乱想，不是海市蜃楼，不是空中楼阁，不能强不能以为能。总应该是在科学上已经出现或是在理论上可以出现的。因此，当我们描写科学方面的东西的时候，要有一个科学的准确性的问题。……那我们就甘当小学生，向科学家请教。

关于技巧不足的问题，是我们的文艺修养不够，我们文艺的表达能力还不够，除了多看，多学习，取人之长之外，唯一的办法，就是多写。只有实践，才能出真知，没有什么可以偷

巧的地方。(《在〈科学文艺〉编辑部召开的作者座谈会上的讲话》，1980年2月7日)

作者：马老对于科学文艺的题材是具有高度的包容性的，并坚定支持科学文艺题材的多元化。当然，出于对科学文艺科学普及和科学启蒙这一功能的推崇，马老对科学文艺中的一些题材给予了更多关注与期待，马老认为没有幻想不可能创造出伟大的文艺作品。

马识途：是的，我们需要幻想。这正如列宁所说的幻想是"极其可贵的品质"，没有幻想，不可能创造出伟大的文艺作品，没有幻想，也不可能出现伟大的科学发明。幻想，也如大科学家爱因斯坦说的，"概括了世上的一切，推动着社会进步，并且是知识进步的源泉"。幻想可以激励人们去探索世界的奥秘，去追求知识的瑰宝，去创造美好的明天。

让我们什么时候都不要忘记，"百花齐放、百家争鸣"是我们搞科学文艺的坚定方针。我们要为捍卫科学的民主和创作的自由而献身。(《祝科学与文艺的结合——〈科学文艺〉代发刊词》，1978年)

科学文艺当然容许幻想，也必须幻想。没有幻想便没有科学。所谓科学实际上就是认识自然运动的规律，并且运用这些规律把人类的美好幻想变为现实，造福人类而已。幻想既是科学的翅膀，科学文艺自然也要插上幻想的翅膀，出神入化。(《解放思想，繁荣科学文艺创作》，1979年11月）

比如说科学文艺我们要不要写人？有人说科学文艺既然是科学知识的通俗介绍，那就不需要写人，不需要塑造典型。我想那也不一定，现在科学文艺的文章有的就是写了人的，而且得到的反响是很好的。如像《在黑暗中消逝了的一颗明星》，那就是写一个在国民党时代的热心救国的那么一位科学家的命运，这种文章为什么不可以写呢？那一篇文章里面没有介绍什么科学知识，然而无论是对科学界，对群众，对文艺界都是有益的。……我们中国有很多的科学家，我们中国历史上有很多伟大的科学发明家，这些人我们应该去描写，应该去歌颂，应该系统地写这些人物。这些人是我们中国的脊梁骨，这些脊梁骨应该歌颂。……中国科学家我们应该系统地介绍，在我们人民当中树立起来，提高民族的自尊心和自信心。(《在〈科学文艺〉编辑部召开的作者座谈会上的讲话》，1980年2月7日）

作者：1979年，《科幻世界》的前身《科学文艺》创刊，马老为其撰写了创刊词《祝科学与文艺的结合》。其后，他又在《科学文艺》上发表了另外三篇文章，分别是发表于《科学文艺》1980年第1期的卷首语《解放思想，繁荣科学文艺创作》、1982年第3期的纪念《科学文艺》创刊三周年《科学文艺创作一议》、1984年第3期的纪念《科学文艺》创刊五周年《向科学文艺作者提一点希望》。

1988年，受各种因素影响，各种科学文艺类期刊一片萧条，《科学文艺》的发行量也跌至谷底，面临"票子"和"稿子"的双重压力，编辑部对期刊未来的发展感到茫茫然不知路在何方。在这样的环境下，马老却极具前瞻性地在四川省作协里成立了"科学文艺委员会"，在力所能及的范围内给《科学文艺》以支持，并旗帜鲜明地肯定了编辑们多年的付出，热情鼓励他们继续把刊物办下去。他说："前几年，许多刊物纷纷下马，《科学文艺》面临严峻考验。刊物坚持下来了，就凭这一点，他们是强者。一个刊物，能够赶上浪潮是容易的，难就难在锲而不舍埋头苦干，任风吹浪打，仍然坚持办下去。"

当《科学文艺》升华为《科幻世界》后，马老也未曾转移对其的关注。2002年，他到科幻世界杂志社培训中心视察，深知办刊不易,盛赞科幻世界杂志社创造了奇迹。2016年,马老以一百零二岁高龄,亲笔为科幻世界杂志社创办的"银河奖"三十周年纪念撰写了贺词,并录制了朗读贺词的视频。2017年,他如约来到第四届中国(成都)国际科幻大会开幕式现场,与众多科幻作家、读者会面交流。他与科幻世界杂志社相交四十五载,就是他对科学文艺关注与支持的最好诠释。

五、马识途眼里新时代的文学与青年

作者： 新时代的新青年们由于自身的独特性，为与时代相匹配的"新"写作提供了一种可能性。一是显示着与优秀传统的接续；二是破旧立新，不满足于文学的现状。没有一成不变的文学，与人一致，文学也有自身的成长困境，也需要在这些境况中寻找突破与发展。马老在许多讲话、论坛、发言中都提到了对新时代文学的期许和对青年作家的希望。马老曾给中学生写下寄语：要学好今天的东西，也要抬头仰望星空，把梦想和希望装进心中，踏实地走向远方！马老坚持马克思主义文学观；坚持创作要厚积薄发，作家要有生活经验；关注社会热点和现实问题，针砭时弊，提倡朴实无华的文风。在20世纪

80年代，马老还是第一个用电脑来写作的作家，九十八岁时还呼吁作家们用电脑写作，一百零七岁时还用电脑一字一字地录入自己的新作。马老热爱新时代，一直希望应该有一种堪与时代相匹配，更能展现当今文艺新风尚，展现现代人文新气息的更科学更合理的文学。

马识途：我们是在马克思主义的思想指导下进行一切活动的，这是宪法所规定了的。那么我们从事文艺活动，也应该服膺马克思主义，这并非是谁强加于人，而是经过历史的实践证明的。虽然我们在传播和应用马克思主义中有过一些失误，造成不好印象，但那不能怪马克思主义，相反的正是因为我们办了违反马克思主义的事。我们深信搞文艺创作和表演只有用马克思主义、用唯物辩证法武装自己，才能使我们有观察社会和历史的望远镜和显微镜，才能更清楚地认识生活、认识历史，正确地分析社会生活。只有深入地认识生活和分析生活，才可能很好地反映生活，而不是主观歪曲生活。

要用老古董或洋玩意来否定马克思主义，我以为是不可取的，我们应该理直气壮地向文艺界的同志提出学习马克思主义的任务。这对于提高我们的创作思想和艺术水平是至关重要的。

我是始终主张要用马克思主义思想来指导我们的文艺思想，不是马克思主义哲学的直接引用，而是马克思主义的立场、观点和方法。〔《创作　人才　思想——在全省市、地、州文联工作会议上的讲话（摘要）》，1986年3月17日〕

我始终认为要真正搞好社会主义文艺，学习马克思主义是必要的，马克思主义确实可以帮助我们提高思想，改善我们认识生活、分析生活的能力，可以使我们的作品有更高的思想境界。当然，还有一条最根本的，我们的文艺工作应该在党的领导下进行。（《谈谈现代文学研究的方法问题——在中国现代文学讨论会上的发言》，1987年10月17日）

说到文学研究的方法问题，如果简单地说，我们当然应该用马克思主义的思想方法，用历史唯物主义和辩证法，实事求是地研究中国现代文学，但是这样说等于没有说，会被讥为正确而无用的话。何况现在据说有的人一听说要用马克思主义的方法就觉得可笑呢。然而我毫不失悔仍然坚持一个观点，在不断的社会实践中，用新的知识充实起来不断向前发展的马克思主义，仍然是我所信奉的，辩证唯物主义和历史唯物主义的方法，我以为仍然是最好的研究方法。

在学术研究上提倡和使用马克思主义，容许非马克思主义的学说和观点存在，参加争鸣的行列，这就是"双百"方针，现在的问题是，某些容许存在的东西正被一些人大力提倡和推行，而马克思主义思想则被蔑视和冷落，甚至认为马克思主义的基本观点已经过时了，甚至想用引入西方某些学说来改造马克思主义某些观点的事也并非没有。这里，我指的不是那些在坚持马克思主义的基本观点的前提下，根据新的社会实践和科学新成就来发展马克思主义的做法。马克思主义是一定要发展的，但马克思主义的基本观点是不应被摒弃的。现代文学研究中的某些争论恐怕就和这个问题有关。

因此我想冒昧地提出一个看法：我们是不是可以来建立有中国特色的社会主义文学理论体系和文学研究方法体系呢？也就是说在马克思主义的光照下，用辩证唯物主义和历史唯物主义实事求是的方法，既继承、发扬我国传统的文学理论及研究方法，取其精华，弃其糟粕，做到古为今用，同时也引入、借鉴国外各种文学理论和最新研究方法，扬其长处，避其短处，做到洋为中用，从而融会贯通，逐步形成我国一套有自己特色的文学理论和研究方法。我们的前辈中有许多人从宏观和微观上都做过一些切实的工作,即使他们还有许多局限性,但那种埋头研究、有理有据的作风是令人敬佩的。比那种捧起这个"主义"那个"论"的招牌,急于成"家",好发吓人的高论要切实得多了。这许多年来一时这个"热",一时那个"热",不久又冷落了的现象不值得思考吗?(《在绵阳市文学艺术工作者第一次代表大会上的讲话》,1986年4月23日)

要把握好坚持马克思主义、历史唯物主义的观点和方法同其他研究观点和方法之间的关系。马克思主义和历史唯物主义是我们进行研究的指导思想,这是方向,必须坚持。但是我们也绝不可以故步自封,应该拓宽视野,引进西方现代文艺批评和历史研究的观点和方法,作为补充。我们反对过去那种庸俗社会学的研究方法,但绝不排除历史主义的社会学的研究方法,关键是不要机械地形而上学地运用,而要辩证地唯物地加以运用。思想应该开放,不能僵化。要敢于大胆地闯入新方法的领地,批判地运用它。要知道一切方法都是研究的手段而不是目的,只要能达到弄清问题的目的,什么方法都无妨试一试的。当然我们提倡唯物辩证法,实践证明那是最好的研究方法。而唯物辩证法也是要在不断实践中加以发展的。(《四川郭沫若

研究的回顾与前瞻——在"郭沫若与中国科学文化"学术研讨会上的发言》，1992年10月21日）

我们鼓励有更多的作家以马克思主义作为自己的思想动力，学习马克思主义的认识论和方法论，提高我们认识社会认识人的能力，提高我们的思想水平，这对于提高我们的创作能力和作品的水平，是大有好处的。（《在新世纪的门口，我们需要的是行动——在四川省作家协会第五次代表大会第一次全体会议上的讲话》，1997年6月10日）

我说，一切作家都是把真话说成假话，但同时又把假话说成真话，由真实生活—写作虚构—艺术真实。实—虚—实，就是创作过程，是源于生活，高于生活。任何作品都不可能凭空捏造，但任何作品都不可避免要虚构、典型化，以达到更集中更典型的更高级的艺术真实。这就是马克思主义的典型论。（《一切文学作品都是说假话吗？——虚构的典型、反映深刻的现实、假话反映真实》，2010年8月2日）

作者： 马老一直强调朴实无华白描淡写。"白描"这个词，应该是从绘画中借用过来的。它是国画中一种画法，纯用线条勾勒，不加彩色渲染，寥寥数笔，使描摹对象栩栩如生。这要求画家对生活有细致的观察、敏锐的艺术感觉和高度熟练的表现技巧。文艺创作中的白描，其内涵也大致相同。白描手法的精髓，不仅在于语言描绘的准确逼真，而且还在于形神兼备，以形写神。

用朴素而自然、明确又简洁的语言传情达意，应该说是"白描"手法运用的第一要义。马老的小说，描摹世态，神情宛然；文笔晓畅而洗练，运笔平中见奇，拙中见灵，在作品中集中体现了白描淡写手法的简练、朴实，像生活本身那样既丰富又平淡，既复杂又单纯，展示了马老追求的一种返璞归真的清新自然的艺术境界。对此，马老有丰富的实践经验。

马识途：我以为初学写作的人，最好多练一下笔，多写些速写、素描、特写、报告之类的短文。短篇小说最好写得短一些，尽量把不必要的字、句、段删去，毫不可惜，要敢于和自己过不去。至于长篇，多卷长篇，还是不着急去写的好。长篇一陷进去，千头万绪，很难掌握，搞得筋疲力尽，未必能成器。至于写多卷的长篇，甚至写史诗式的历史长卷，还是让有本事的大家去搞吧。

我在写作时，特别是写中长篇小说时，是一定要拟好创作提纲才动笔的。我的做法是这样：

首先写人物小传。把小说中人物的历史、性格、言行、癖好等，不管小说中用得上用不上，都简明地写了出来。特别是主要人物性格表现，个性癖好，很富有代表性的语言，典型性的生活细节，一定要写进小传里去。如果这些人物是烂熟于胸，真叫呼之欲出，写小传并不困难。我以为写人物小传十分要紧，是创作成败的关键。如果小传写不出来，那就证明你对这个人物并未深刻认识，并非烂熟于胸，就是没有酝酿成熟，那就还不应该进入创作过程。

创作提纲中第二件要办的是写"人物关系表"，也就是小说中这个人物和那个人物之间的关系，他们之间的家庭关系、社会关系、政治关系等，也就是他们之间的矛盾和纠葛。这事实上就出现了小说中的一些精彩的情节了。

然后我就写故事情节和小说的结构提要。结构给小说搭起了架子，又好像是给人物搭起了台子，于是人物可以在这个台子上，按照性格冲突的推演，扮演出一出一出的或威武雄壮的或缠绵悱恻的悲喜剧来。

有了写作提纲，写起来以后是否照提纲写下去？大体一样，很多不一样，有时完全走了样。当人物活起来了，他会按他的性格行动，我无法强迫他就范，不仅情节有许多变动，甚至人物性格在冲突的发展中也发生了变化，甚至原来考虑的主题也发生了变化，以致面目全非。我以为这并非坏事，不可强求，"强扭的瓜不甜"，还是顺乎情，合乎理，因势利导地写下去吧。

"不要把自己的创作起点当作自己的创作顶点，甚至创作终点，要永远站在创作起点上，再接再厉，勇往直前！"我愿意把这一句话用来和踏上文学创作这个艰苦行程的初学写作的青年同志们共勉。（《学习创作的体会》，《文艺通讯》，1980年第1期）

小说情节和故事结构都是为塑造典型人物服务的。选取什么样的情节，结构什么样的故事，都以塑造什么样的典型人物为根据，我们显然不能为情节而情节，为故事而故事。情节和故事如果不能借以深刻地刻画出人物的典型性格来，是毫无用处的。这样的作品，即使能取悦读者于一时，甚至成为畅销书，却是没有生命力的，经不起历史考验的。（《说情节》，《四川文学》，1980年第3期）

我以为，一个典型形象就是一座圆雕，不能只写一个侧面，成为平板人物，也不能只有一个层次，而必须多层次描写，以展示其典型性格，这才叫艺术的真实。塑造诸葛亮写他在隆中洞察形势、高瞻远瞩，联吴抗曹的战略眼光，写他那鞠躬尽瘁、死而后已的忠诚，写他治蜀时审时度势、刚柔相济、德威并用、宽猛相加的政治才干；同时又写他事无巨细，必躬亲之，不能放手使用干部，以致造成"蜀中无大将，廖化充先锋"的局面；还写他知其不可为而为之，坚持正统观念，结果虽然竭尽全力，还是落到"出师未捷身先死，长使英雄泪满襟"的悲剧结局。写诸葛亮的智与妖、长处和缺点、成功和失败、机敏与失策的种种细节，都是为塑造诸葛亮这个艺术形象服务的。当然，如果诸葛亮这个历史人物，不具备作为一个伟大形象的多方面的基本历史事实，任何高手也是无法树立起这样一个人们喜爱、万世不朽的艺术形象的。其他《三国演义》人物如曹操、关羽等人物形象，无一不是这样塑造成一座座圆雕的。（《〈三国演义〉与历史小说——在"三国与诸葛亮"国际学术讨论会上的发言》，1985年11月24日）

  我以为学生的写作学习不仅是写作技巧的训练，它本身就是一种创作，是一种美的捕捉和创造。因此对于学生学习写作，至少是大、中学生学习写作，不仅要求文字清通，能表情达意，而且要求尽可能艺术地表达自己的思想和感情，力求写出自己的精神、品格、个性和风格来；要求把写作学习不是当作一件苦事，而是作为一种享受，一种美的探索，一种创作快乐的追求。

我始终认为鲁迅说的"有真意，去粉饰，少做作，勿卖弄"，苏东坡说的"博观约取，厚积薄发"，严沧浪的"语忌迫促"，刘熙载的《艺概》说"文有七戒，曰：旨戒杂，气戒破，局戒乱，语戒习，字戒僻，详略戒失宜，是非戒失实"这些话，不仅对于文学创作有好处，就是对于学习写作的学生也有用处。（《写作，作为一种事业——在四川省大、中、小学生作文大赛授奖会上的讲话》，《写作》，1987年第2期）

我估计，相当多的同志还是和形势有很大的距离，还没跟上形势，甚至于还有少数同志在思想感情上还要来个转变，个别的作家、艺术家还得要从自己构筑的那个窝壳里解放出来，从那个自我封闭的小天地里解放出来，放开眼界，看一看世界。再不要沉溺于陈旧的观念，再不要一叶障目，不见泰山，总是认为这也不行，那也不好，外国月亮都要圆一些。在创作上，再不要搞那种"新奇怪,卖得快"的"新奇怪"了,再不要去瞎编乱造了,再不要去偷巧,搞外国作品"移植术"了,搞那种冷冷清清、卿卿我我、凄凄惨惨、顾影自怜、自命清高,搞那种"圣洁的"人道主义,那种自己臆造出来的"社会主义异化"了。我们应该把脚移到人民这一边,到沸腾的生活中去,和人民一道前进,同甘共苦,和他们一道战斗,并且享受战斗的欢乐。我们应该去歌颂那些新历史时期的英雄人物,那些大无畏的改革者,揭露、鞭挞那些阻碍社会前进的势力。这是我们的权利,也是我们的义务。机不可失,时不再来。我们必须去抓住当前的新形势、新人物,真实地、深刻地反映他们,创造出伟大的作品来。(《在中国作家协会四川分会常务理事扩大会上的讲话》,1984年2月23日)

我常常有一种胡思乱想,现在颇有才华的某些青年作家,与其把精力放在神聊胡侃上,放在猎奇斗艳上,放在卿卿我我的杯水风波上,放在无聊的插科打诨上,以此来创造作品,哗众取宠,何不拿出一些创作时间来,认真写一写我们伟大民族的生死存亡的斗争历史呢?我不相信那样苦苦追求的纯而又纯的作品,便一定是艺术精品,而写自己民族可歌可泣的奋斗史,歌颂那些用自己的鲜血来为民族开辟道路的英雄的作品，便是廉价的政治宣传品。我对于那些深入中国历史，努力刻画我们远古先人事迹的青年作家，特别是刻画我国一百年来遭受帝国主义侵略和压迫的悲惨遭遇和人民前仆后继英勇奋斗事迹的青年作家，历来表示钦佩。从他们中将要出现《战争与和平》这样伟大作品的作家。

也许是年纪大了，思想老化吧，我对于当前我国文学春色满园，百花齐放，创作繁荣，深信不疑，但对于某些文学现象，也不尽以为然。有些作品，越来越脱离时代和政治，越来越淡化生活，或者越来越以追求"新、奇、怪"为能事。有的不怕浪费别人时间，尽在那里喋喋不休地神聊胡侃，故作高深；有的力求清淡到几乎不食人间烟火；有的自然主义地专门表现民族的落后和愚昧，展示丑陋；有的以搜求人间隐私、社会秘闻为乐，借以赚钱；至于"枕头、拳头、噱头"的"三头"作品，早已充斥银屏，不惜请古人为我们在屏幕上大展拳脚功夫，也已见多不怪了。我知道出现这样的现象，是有其社会和历史原因的，有的就是对于我们过去文艺政策的反弹。但是我总以为这对于当前的文学繁荣，未必是有利的。（《谈国统区的抗战

文学——兼说读陈文的小说〈深情〉后》）

我之所以在这里不厌其烦地说这些闲话，是想请大家再度听一个老人的劝告：珍惜生命，珍惜时间。我真切地感到光阴似箭，日月如梭，"才看池塘春草绿，庭前梧叶已秋声"。时不我待，时不再来，要写出反映伟大时代的伟大作品，没有孺子牛的精神，热爱国家和人民，并锲而不舍地作几十年的努力，是不成的。而这就期待我们在座和没有在座的青少年作家一代，你们再不要浪费青春，浪费创作的大好时光了。多读点书，多看点生活，多写点作品，那些文外功夫，那些名缰利锁，都是生命和光阴的蠹虫。老实说，我们是作家，既然走进了神圣的文学殿堂，如果不给这个殿堂增加一片光彩，还有什么面目叫作家？我不相信四川是一个出不了大作品大作家的地方，从古到今，这里曾经出过许多著名作家，应该是青出于蓝而胜于蓝，出更多更伟大的作家和作品。我也许看不到，但我热切地盼望着。（《在四川省作家协会二〇〇三年迎春茶会上的讲话》）

我们反躬自问：我们的社会责任感和历史使命感到底如何？我们的确是"三贴近"了吗？我们是不是把反映这个伟大

时代的伟大英雄业绩，反映广大人民的艰苦创业，反映错综复杂的社会矛盾，反映革命和建国的风雨历程，反映我们的民族精神作为我们的主旋律？我们是不是尽力用我们的精神产品去满足群众的各种文化需求了？我们是不是少去追求谁也说不清楚虚无缥缈的全球化，多搞点为老百姓喜闻乐见的大众化？
（《文学三问》，2005年3月29日）

　　好的文学必然是富于独创性的，无论思想内容还是艺术表现形式都是各有特色，沁人心脾的。百花齐放永远是文学繁荣的不二法门。……我始终以为，根据"二为"方向，文学总应该于世道人心有益，总应该于提高国民精神素质有所贡献，总应该努力反映我们的真正历史和生活现实，总应该努力歌颂那些推动历史前进的英雄，鞭挞那些阻碍历史前进的势力。

　　我们的文学应该为中国的精神文明建设尽一份力，不能听任充斥地摊的一些不健康的文学侵入读者市场，并且占领市场，用这些伪劣精神产品来满足群众的精神需要，只能使我们的民族中毒。因此弘扬严肃文学，我以为是非常重要的事。

　　这需要作家自省、自强、自重、自立。一切都是空话，拿出人民喜闻乐见的、反映伟大时代的好作品，才是实话，才是

硬道理。(《文学对于现实不能无动于衷》)

文学就是文学,文学就是人学,文学就是美学。文学是有文之学,也就是说是艺术,不是一般的东西,就是能够触动别人的灵魂、能感动人,这样的作品才叫有文之学。

我们的文学在当前要首先反对"三俗",这一点大家看中央的文件里常说到这个问题。现在有很多的作品,电影、电视剧都表现出一种低俗、媚俗、恶俗的现象,这是我们的文学青年、作家千万要注意的,这不是通俗。真正通俗的东西,大众化的东西是我们所追求的,但不能因为大众化就去迎合小市民的那些爱好,那是一种不好的倾向。

起点不是顶点,更不是终点。我们要永远把自己放在起点的位置上,永远不要觉得自己达到了顶点,这样你才能不断地上升。不自满,永远怀着学习的态度,从头开始,从头学习,你也许能写出好的作品。(《在与洪雅县文艺界人士见面会上的讲话》,2010年10月2日)

作者: 马老是在快八十岁的时候,开始学习电脑并用电脑开始写作的。马老是个从不拒绝新生事物的人,认为电脑时代已经到来,不管做什么,必须懂电脑用电脑,才能提高工作效率，不被时代淘汰。马老对电脑时代、电脑写作、上网到底有着怎样的理解和兴趣呢？

马识途：可以毫不夸张地说，世界已经进入电脑时代。电脑不但已经进入先进国家的生产、科研、管理、社会生活的各个方面和层次，且已进入千家万户。就是在我国，也已经逐步进入生产、科研、管理和生活的各个方面，近年来并开始进入平常家庭，成为工作、学习和生活的良师益友。更叫人兴奋的是，连电脑知识较少的文学艺术朋友也有的玩起电脑来，有一些作家开始用电脑搞创作。像我这样快八十的糟老头子也忽然"老夫聊发少年狂"，用电脑搞起创作来，而且已经完成一部六十万字的长篇和几十万字的短文。可见放下笔杆，用电脑这个奇妙的工具从事文字写作工作，已经是大势所趋。

所以现在不是应该不应该用电脑、能够不能够用电脑进行写作的问题，而是如何普及电脑知识的问题。电脑这玩意儿到底是科学的东西，要操作它，自然要学习一些电脑基本知识，要知道一些基本的操作技术，要学会一种汉字的输入方法。当然也还要有一点耐心和韧性。不过我从实践中得知，学会基本操作技术和一种汉字输入方法，并不是什么大难事。我这老头儿尚且学了半个月便可以开始进行写作，有文化的中青年人，总比我要快一点吧。

或者有的作家会说，搞文学创作，那种机械玩意儿不会妨碍形象思维吗？我的经验是，不会。我写的作品也许不行，没有费多少形象思维的脑子吧，但是既然人民文学出版社也愿意出版，总算是文学作品吧？我用电脑能够进行形象思维，比我思维敏捷的作家，为什么就会为电脑所累，妨碍了他的形象思维呢？

在用电脑写作的实践中，我深感应该有谈怎么用电脑进行写作的通俗小册子和普及电脑知识进行学习辅导的报刊。不需要讲多少理论，也不要介绍复杂的操作技术，就是当一个搞文字工作的人，买到一台通用的电脑，教他如何启动，如何把他想要打的字打进去，显示在屏幕上，可以进行修改增删、字块搬动、存盘、打印，变成清楚的文稿就行。如果按键错了，指导如何纠正。不需要讲道理，只要说清楚具体操作的步骤和手续。当然还要介绍几种汉字输入方法的操作过程，如"五笔字型""拼音""区位"输入法等。其实只要能较熟练地操作一种，也就可以了。

最后我还想说一句：当你在学习打字时遇到困扰，请想一想，一个年近八十的老头儿还能学会，一天打近几千字，包括构思、打字、修改在内，而且他是进行形象思维的文学创作，我为什么学不会？这样也许可以增加你学习电脑打字的勇气。

记住，世上无难事，只怕有心人。还要记住荀子的话："锲而舍之，朽木不折；锲而不舍，金石可镂。"一切贵在坚持，坚持就是胜利。(《怎样用电脑写文章·前言》，1992年10月)

有人问，文学创作是一种十分复杂的脑力劳动，能够使用电脑进行吗？我得出了肯定的答复。我以为只要熟练地掌握一种汉字输入方法，就不会妨碍自己的艺术思维。而写作亲和力的提高，可以使势如泉涌的形象思维，有充分宣泄的机会，正是得其所哉。过去伏案低头，一笔一笔地爬格子，一天下来，头脑昏昏，精疲力倦，现在可以从容地以舒服的姿势坐着，望着屏幕，手按键盘，只要用指头按四下，哪怕十几二十几画的字，以至两个字三个字或更多字，笔画总数不下几十以至上百画的词语，都一下显现在屏幕上，你说这多省事。你要修改，要增删字、句、段、页，要搬前移后，要把整篇文章中的张三换成李四，都只要按几下键就办好了。而且把你创作时常用的词语自己造词存进去，只要按四下键，全出来了。我以为更方便的是可以打印成整齐清楚漂亮的稿本，给编辑人员和排字的工人带去极大的方便。打印的字体种类大小，都由你选择，这实在是太妙了。

你或者要问，学习这套操作技术困难吗？输入汉字的速度如何？我以为并不困难，比手写可以快得多。以我这个七十六岁的老人来说，我只学习了半个月，就基本掌握了输入汉字的方法，不到一个月，就开始打文章，以至开始创作了。起初当然很慢，常常出错，但是只要咬住不放，坚持下去，把规定的教材按部就班地学到底，慢慢就会熟练起来。到了能够输入词语的时候，那就更轻松愉快了。我这一年来，已经写了一本五十万字的小说和十几篇短文章。我现在一天用电脑写三千字不成问题，顺利时可以写五六千，这是连修改的工夫在内。据有的人说，用电脑输入汉字，一天打一万多字是不难的，专业打字的可以一分钟输入一百个汉字呢，我们当然不能和他们比。我现在用的是五笔字型汉字输入法（其他输入法如拼音输入法也学过一点），这套方法不知道算不算最方便的输入法，反正我用起来还可以，虽然对其中有的设计认为并不理想。听说现在有更好的输入方法如联想输入方法，那就更好了。

　　总之，在电脑进入千家万户的时代，我们作家不应该忽视新鲜事物，不应该拒绝使用新的写作工具。将来也许有一天印刷厂全部是电脑排版，只接受电脑盘片，那时你怎么办？我想以一个老人现身说法，我们中青年作家应该学习用电脑写作。还附带说一句，我除开用电脑写作外，还用电脑玩游戏，只要几张软盘，就可以和电脑下象棋、围棋、国际象棋，打桥牌，打台球，以及各种游戏，真是其乐无穷。（《用电脑搞创作行吗？》，1990年12月）

　　有人问，创作是一种十分复杂的脑力劳动，是形象思维，用电脑行吗？我说不出多少道理，从我的实践看，回答是肯定的。和用笔写没有什么差别，而且因为电脑输入速度比手写快，可以使势如泉涌的形象思维，有充分宣泄的机会，正是得其所哉。有人问，年纪大，记忆力差，汉字输入的办法好掌握吗？输入的速度真的比手写还快吗？汉字输入有好多种方法，有难有易，一般学会一种，用好用熟，就可以了。学习时当然要下决心，费工夫，要按部就班，持之以恒，最好有人指导。但是一般用一个月工夫就可以开始写作了。我是半个多月就开始写作的，因为我早就会英文打字，熟悉键盘，占了便宜。学会了比爬格子快，那是肯定的。专业录入员一分钟可以打一百个字，我们一分钟可以打三十个字。因为可以把常用词语成串输入，当然比一个字一个字爬格子要快。我一天连写带改，完成五千字不算难。有人问，修改和打印好办吗？很好办，要增删字、句、段、页，要搬前移后，要拷贝来拷贝去，甚至要把整篇整本作品中的张三改成李四，只需要按几下键就得了。打印更快速、整齐、清楚。打印字体和大小，悉听尊便。一张小而薄的盘片可以存放二十几万字，随时可以显示，还可以拿去直接排版。有人问，打字很累吗？我说在电脑面前以舒服的姿势坐着，眼望屏幕，从容打字，比伏在案头爬格子，一天下来，脑昏眼花腰酸背痛，好得多了。何况如你想休息，还可以和电脑下象棋、围棋、国际象棋，打麻将和桥牌，还可以做几十种游戏，真是妙不可言。有人问，我年已耳顺，还学得会吗？我说，我年已耄耋，还学得会呢，你有什么难？中青年作家就更不用说了。

总而言之，我们生于电脑时代的文明世纪，素来站在时代前头以创新自许的作家，自然不应拒绝现代化的写作工具而坚持过去年代的小手工工具。如有人以我为电脑厂商做广告相讥，

我为先进的事物摇旗呐喊，又有什么不好呢？（《用电脑写作更觉胜任愉快》，《人民政协报》，1992年8月28日）

我开始用电脑写作时，没有想到过什么赶潮流，我和徐迟有来往，好像他也没有这个想法。我们用电脑写作，其实不过是把电脑当作中文打字机用，意欲提高工作效率而已。但是我初用起来，却经历一番辛苦。起初我买的是最老的机子，运行不快，软件不多，且全是英文的。我和徐迟过去学过英文，连猜带蒙，还可略知大意，可是汉字输入方法，可没有现在这么丰富多彩。区位码和什么仓颉码是根本不能用的，好在王永民发明了五笔字型法，竟然能够把七千多繁难的汉字转换成英文字母从键盘输入，这真是一个大突破，利在人民，功在国家。背字根虽然困难，却也不是难于上青天，我就是不背那些像天书样的歌诀，硬着头皮直接打字，半个月便可写小文章，一个月便开始写小说了，起初结结巴巴的，后来熟练一些，一天写得快，可得七八千字，还是经过修改好了的。

从此我便一发而不可收，和电脑结了深厚的情缘。有事没事，每天不在电脑面前坐上一会儿，便不舒服，大半都要打开开关，和电脑对一对话，交流思想。我只要一打开电脑，在那天蓝色的屏幕上便出现了不停闪烁的光标,就像在夜空看到闪闪的亮星一样。那浩瀚的夜空,隐藏着多少的神秘呀。当我一敲打起键盘来,便看到那光标像蓝色的小精灵,在屏幕上跳着舞向前奔去,在它的后面便出现了一串深蓝色的字符,跟着小精灵一路跳了过去。而那就是我的思想、我的感情的流露呢,这是多么神奇、多么令人神采飞扬啊。有人怀疑地问,用电脑写文学作品,会不会影响形象思维呀?我没有这样的感觉,我问过一些作家,好像回答都是否定的。相反的,我用电脑写作,总觉得情绪亢奋,如鱼得水。

我是老了,已经没有那么多的时间和精力来遨游,但是我想,一个作家应该有十分广阔的视野,应该有广博的知识,应该和更多的人交往,那么,对一个作家来说,我看用电脑上网,恐怕是最经济便捷的途径了。有志于此的作家,请上网吧。(《作家们,上网吧》,1998年7月20日)

我想说的是上网问题。我上网的时间虽然不长,打开看的时间也不多,我的印象是,这真是一件了不起的事,地球缩小了,时间延长了,无量数的信息涌向眼前,大开脑筋。这将以一日千里的速度扩张,并且给我们带来极大的好处,是毫无疑问的。但是我也有另外一点印象，概而言之，就是慢、散、乱，于是相应地给我带来的贵、费、累。我总觉得，进网后老进不到我想到的网址迅速看到我想看到的东西，等啊等等得令人厌烦。我去拜访北京图书馆和北大图书馆，想查阅资料，弄了好久，算是进去了，可是只看到一点简单的介绍，看不到原书，我很失望。一打开看信息资料，很多其实是广告，堆积如山，十分散乱，要在这太多的信息和广告中去淘挖出自己想找的宝藏，实在太麻烦了，这也可能是因为我的本事太小的缘故吧。至于乱，印象更深，那么多无聊的人在网上聊天，侃大山，乱说一气，太没意思。我以为网上的文化氛围较差，文化档次不高。那些所谓文艺作品，也实在不敢恭维。于是我感到电话钱太贵，精力太费，上网下来，实在是很累。当然，这也许是我年事已高之故。不过我总觉得这仍然是个问题。我希望向信、达、雅方面提高。信，就是真实；达，就是畅达；雅，就是更文明的点。（《我上网了，但是我想说……》，1999年4月10日）

作者： 网络出现后，网络文学随之出现，马老始终充满了对新事物的热情和兴趣，对网络文学这一新生事物马老也一直很关注，思考得很深刻。

马识途： 通俗文学的流行，网络文学的盛行，不胫而走，而且产生的市场价值，它的出现和发展、繁荣，都是有它的必然性的，可以说是应运而生。事实上网络文学必然有很大的长处，有对青少年产生巨大的吸引力的形式内涵，它所产生的不仅是巨大的经济效益，更是我们日夜企求的对青少年进行思想教育的巨大的能量，这是雅文学一直追求而一直效果不够理想的。

事实上网络文学发展下来，已经出现了比较好和很好的年轻网络作家，其作品从思想性和美学观都可称上乘作品，与我们过去称道的通俗文学作家及作品相比并不逊色，且有过之者。这些网络文学作品可以说是中国当代产生的群众喜闻乐见、不可须臾或离的文学品种。

我想要提醒的是，对网络文学以及影视文学中存在的"三俗"问题，要引导但不能操之过急，走极端。文艺界的事，善于引导和宽容一点的好，这是我从过去的经验里得到的教训。（《网络文学一议》，2014年5月30日）

我们需要重视的是，如何扶植和发展网络文学，如何正确评价网络文学，如何克服网络文学的短板和缺点。发展网络文学，不是一个单纯的文学创作问题，而是一个群众路线问题，是如何引导我们的下一代走上健康道路的问题。了解网络文学的现状和生产规律，正视某些不良创作倾向，正是为了更好地发展网络文学。

我们应该认真调查网络文学发生和发展的过程，研究网络文学和通俗文学的历史传承脉络。网络文学为什么能如此迅猛发展？青少年中怎么会有那么多"粉丝"喜爱？这需要我们思考。了解读者需要，本来就是作家的本职工作。

我们有作家组织和众多的有创作经验及较高文化水平的作家，应该有意识地鼓励一批有志之士下决心转入网络文学创作队伍，写出好的网络文学作品，提高网络文学的文化素养和艺术水平。从事纯文学创作的作家千千万，虽然都具有作家的基本水平，都想上升到作家金字塔的顶端，但是古今中外能够到达光辉顶点的作家终归是很少的。这些作家一年写出几千部长篇，但能得到出版和读者普遍喜爱的只是少数。或许我们一百个纯文学作家的作品发行总量还不如一个网络作家作品的阅读数量，从人力上和经济上，两者是有差异的。我设想的引导纯文学作家转入网络文学创作，不是一件容易且短期能奏效的事，实施起来要有耐心、有韧性。当然，我的这种想法不一定能为一些作家所接受。(《要善于引导，也要宽容一点——网络文学一议》，《人民日报》，2014年6月10日)

我对于网络文学，曾以"要善于引导，也要宽容一点"为题写了一篇文章在《人民日报》上发表，我始终以为雅文学和网络文学是中国当代两支文学大军，应当相伴相容，互助互学，取长弃短，提高水平。我一直有一个梦想，两支大军日益靠近，最后或为雅俗共赏、老少咸宜的为人民所喜爱的非古非洋、亦中亦西的新文学。这虽然可能只是我的一个幻想，但是我仍然想仿费孝通大师说的"各美其美，美人之美，美美与共，天下大同"的话，说出我的希望："美雅之美，美俗之美，雅俗共美，文学大兴。"(《一个作家的心声》，2018年)

作者： 不论在任何场合，马老都强调做人的重要性，尤其是一个作家，要想成为一个优秀的作家，必须先学会做人。在这个基础上还要多读书。作文、做人，写书、读书之间到底是一种什么关系？

马识途：作为一个中国作家，要有鲁迅那样的骨气，要有民族的自尊心，绝不跟着某些怀有二心的洋人或假洋鬼子的洋腔洋调起哄，更不要有奴性和媚态。我们吃着中国人民供奉的大米白面以至牛奶面包，绝不能对于中国人民生活漠不关心，对于中国社会改革毫无热情，对于振兴中华没有历史责任感，不想用自己的作品去为人民服务，以好的精神食粮回报人民，帮助人民推动历史前进，却醉心于自己的小天地，构筑自己的象牙塔，陷入文学纯是个人的体验、即兴的情绪宣泄，既不为人服务，也无价值可言的迷宫里去，而且自鸣得意。

所有这一切，归结到一点，就是作家必须回答，文学是什么？作家是干什么的？而且要回答你提出的问题，中国作家向世界文坛学什么？只要跻身于文学界的人都要回答，事实上都已经用自己的作品在回答了。如果要我回答的话，我想借用巴尔加斯·略萨的话："文学首先是对社会发言，然后才是文学本身。"（《与韩小蕙书——〈中国作家向世界文坛学什么〉读后》，1997年）

作文先要做人。我们搞创作就是作文。但是真正要想作文的话，首先你要想怎么做人。这个也许我们的青年们会说，做人有什么不会的,我们都是人,我们都会做人。真正的一个人要做人,特别是一个文学者要想当作家这样的人,确实不是一个简单的事情。一个人,真正要做好人,我说的不是那种能够吃饭、穿衣、睡觉、打麻将等的人,我说的是本性的人,要做这样的人,恐怕就不是那么容易的。你要真正做一个本质的人的话,首先自己要承认自己是个真正的人,而且要把你自己当人,把别人也要当作人,把自然和社会也要当作你的好朋友。这样的人,他必须是具有独立人格和一种自由的精神,他不是一个为人奴役的人,也不是去奴役别人的人,也就是《三字经》中"人之初,性本善"的善人。他不是那种追求名利、追求低级趣味的人,把文学创作当作自己的敲门砖,当作自己升迁的砖头、台阶,或者要想借此来作为自己取得金钱美女房屋的一种工具。文学不是一个可以让人来利用、作为满足物欲的一种工具,它是一种净化灵魂的工具。所以,如果你要想作文的话,那么你首先要做人。

写书先要读书。一个从事文学创作的人,假使没有读很多很多的书,没有丰富的知识,那是不行的。我所说的要读很多很多的书,这是一般的说法。作为文学青年怎么读书?这又是一个大学问。怎么把书读好？这又是一个问题。所以，我讲读书好，读好书。要读好书，我们要读很多的书，但是一定要读好书。现在有很多不好的书流行市面，读了这些我们称之为"垃圾"或者毒害人们灵魂的"鸦片"，你就不要再想写出什么好的作品。我以为，我们的文学青年们，要广泛地读各种书，要读很多的书，当然包括了你们本身学习的书，要读好，也要广泛地涉猎一些古今中外的重要著作，从中吸收你需要的养料。但是，古今中外好的文学书浩如烟海，怎么办？我想，有两种读法，一种是泛读，一种是精读。泛读可以获得广博的知识。那么多的古今中外的重要著作，怎么泛读呢？我的经验是：那些书要读，但是不能把它作为深入地去读的东西，而仅仅是泛泛地去看一下，泛泛地去看里头的东西，哪怕一般的文学书籍，里面总有一些能够流传下来的精彩的东西，你就要注意在泛读时，这一本书里我能够吸收哪怕几句很好的东西，这种情况多得很。如果你在泛读时，感觉一些书或者书中的某些部分很有味，那就需要精读了。既然是精读，就要做笔记，写心得，甚至写评论文章，这样才会有大的收获。（《在与洪雅县文艺界人士见面会上的讲话》，2010年10月2日）

作者：1952年夏天，马老被调到成都城市建设委员会去抓城市建设工作，参与新成都的建设，首先同意搞的就是成都"从城西北横穿到城东南的大下水道工程"。之后，马老又接下任务，与王希甫一起，白手起家组建了四川省人民政府建筑工程局，两年之内，四川省建工局从无到有，干到1957年，四川省建工局提升为四川省建设厅。1993年，首届"建筑与文学研讨会"在南昌滕王阁召开，五十多位中国作家和建筑大师与会，马老受邀前往。《光明日报》原编辑韩小蕙曾在《作家马识途：曲折坎坷是常态，顽韧不舍永前行》中这样回忆当时见到的马老："时年七十八岁的马老，身量挺直，面色如玉，戴一副金丝眼镜，儒雅翩翩而不失威仪，说话带笑意，声音似洪钟，完全不像大官，而尽显大学者之气。"

马识途：我以为建筑师和作家联姻，交流思想，是大好事。一个高明的建筑师，我以为一定是一个高明的美术家、音乐家、诗人。他会更善于处理线条、色彩、节奏和韵味，可以免于设计的俗气和匠气，而具有灵气。我以为，作家们可以从这些巧夺天工的神奇的建筑设计中得到启发和灵感。这个美丽的世界是由他们所创作的无声的诗、凝固的音乐、立体的画所装点起来的，大自然的风光也是由一个更伟大的建筑师造化用天工创造出来的。作家难道不能从这些自然景观和人文景观获得创作的灵感吗？（《在"建筑与文学"学术研讨会开幕式上的讲话》，1993年5月26日）

建筑与文学的问题，我以为，实质上就是建筑与美学的问题。因为一切文学和艺术就是追求美，表现美。作为物质生产的建筑和精神生产的文学发生关系，其契合点就在美的追求和美的表现。一个建筑，一群建筑的设计和施工，一个城市的总体规划和布局，除开要讲求便利于人们的居住、生活和工作，要讲求以最少的物质消耗取得最大的经济效益外，也就是我们平常说的实用和经济外，还要叫人们住起来在精神上感到舒服。因此，任何一个有头脑的建筑师，都知道要使自己的设计不特尽善，还要尽美，要使人们居住起来，在视觉和精神上感受到一种很好的精神享受。我们都知道，一个人，特别是有文化的人，如果只是获得物质上的满足，而不能获得精神上的满足，他是无法生活下去的。没有文化，没有精神文明，人类也不能进化到现代的文明世纪。建筑可以说是一种特别的物质生产，它绝不能像机械产品那样追求千件万件严格的一律，而要求多样化，要求美的造型和内部的装修，要求给人一种舒适感。追求美观，这可以说是人类的天性，也可以说是建筑的一种特性。

从古到今，到底有多少诗词歌赋，多少文章，描写和赞美建筑呢？真是不可胜数。随便翻一翻并非以写景为主的《古文观止》，就可以找到和建筑有关的许多名篇，如《岳阳楼记》《陋室铭》《黄冈竹楼记》《醉翁亭记》《喜雨亭记》《丰乐亭记》《凌虚台记》《超然台记》《放鹤亭记》等十几篇。就以和滕王阁齐名的岳阳楼、望江楼、黄鹤楼、兰亭等建筑来说，就不知费了多少文人的笔墨。而且人以文显，地以文名，因建筑而得名篇，因名篇而使名胜建筑名声远扬，这是普遍的事。

我想大家大概已经注意到，古来诗文一写到建筑，总要描绘与这建筑相衬的山川风物，二者也是相得益彰的。我们读了《滕王阁序》，便见王勃用大量的文字描写滕王阁周围秋天的景物。没有这一周围的景色相衬，滕王阁就难成名胜。可见我国建筑大师们在设计建筑时，对于当时当地的人文景观如何与建筑物协调，是经过思考的。在设计一个建筑物时，总是在立面外形、结构、色彩、装饰上，讲究与周围的环境相协调，互增颜色，光彩照人。就是一亭一阁，一门一桥，一池一水，总是要别出心裁，自然成趣。这实是中国建筑的一个文化特色。（《让人们的生活更美——在"建筑与文学"学术研讨会上的发言》，1993年5月27日）

作者： 关于灾难文学与农村题材的创作，马老一直有自己的看法和主张。2008年汶川大地震后，马老一直在思考灾难文学的意义和作用，也曾多次跟四川省作家协会主席阿来讨论过灾难文学。2020年马老发表"封笔告白"之后，两人见面时，阿来一坐下，马老就说："阿来，你现在处于创作的高峰期啊，佳作不断。"马老特别提到了《云中记》，提到了"灾难文学"。马老认为，中国所经历的灾难有很多，但灾难文学没有多少好的作品。阿来的《云中记》，在这方面做了一些深入探索。虽然因为眼睛不好没能读完《云中记》，但是马老阅读了大量关于这本书的文学评论，对评论给予了认可。

马识途： 必须研究灾难文学如何创作才好，要从历史和西方文学作品做研究借鉴。西方文学中灾难文学比如战争文学不少，小说、电影、报告文学都有，如《西线无战事》《魂断蓝桥》都不是努力写灾难的苦难和英雄佳绩，而是透过苦难，透过英烈写人、人性、人性的碰撞，写人道主义、人生价值、生存意义的哲学上的思考。不是只写战争的惨烈斗争，而是以战争作为背景，作为由头而展开写人的思想情感，写人性的变化，写真善美与假恶丑在灾难中的对立斗争，而凸显人道主义的光辉。写各种人物在灾难中的各种内心思想和行动表现，从而发掘出人性光辉，美的灵魂。

要写出灾难文学的精品，不是靠政治运动或发动或派遣去深入生活，立竿见影，写出领导满意甚至获奖的作品，而是鼓励作家自愿地有生活激情，准备长时间地观察和思考，也许若干年后才写出一部灾难文学作品。给任务，下指标，驱赶式地动员下去，那种组织创作的办法，在战争年代起到宣传作用是有效有用的，但绝不可能产生精品、传世之作。我们追求的是真正的文学作品，不是廉价的宣传品，更不是为人作形象、出成绩、争名誉的"应上"之作。所以我赞成诗人梁平在救灾文学全国性会上以及在《文艺报》上的观点。他和阿来的这些观点才是肺腑之言，才是内行话。（《谈灾难文学创作》，2009年6月）

文学创作是不能没有哲学的潜在影响的，作家是不能不有深层次的，存而不在的。哲学思考的灾难文学不只是灾难的纪实文学，也不只是人性的召唤的理想文学。当然也不是想入非非的虚幻文学，应该是现实主义和浪漫主义杂交的文学。（《从阿来的〈云中说〉说到灾难文学》，2019年6月16日）

本来我们的青年作家，有相当一部分人来自农村、集镇或小城市，很有写农村生活的条件。但是不知怎的，有些作家越写似乎越不想反映农村景象，不想多描写这些在泥泞中奋勇前进的"泥腿子"，而去写自己未必熟悉的城市生活。有的农村作家孜孜于走进城市，进文化机关，在干部和知识分子中讨生活，对正在急遽变化着的农村，不那么亲热，不那么熟悉了，想凭自己过去那点生活底子，灌以想当然的内容，其深刻度是可想而知的。这种不愿意长期扎根于农村，和农民交知心朋友，不愿意深入刻画农村生活的作家，是不能期望他写出什么好作品来的。

然而在城市里落脚的农村作家，对城市生活要想有透彻的了解，又谈何容易，想用自己的笔来描绘城市中的改革大潮，就更难了。因此末了只能写一些自己那小圈子的生活，身边琐事，杯水风波的故事，甚至从别人作品里以至外国人的作品里去吸收灵感，趋赶时髦，作没有出息的抄袭模仿，只求经济实惠。这哪里还能希望写出什么好作品？本来有希望写出农村题材好作品的苗子，走了弯路，是很值得惋惜的。有的写农村题材的作家，也许文字功力并不比周克芹差多少，只是缺乏像周克芹那样对于农村这个母亲大地的热爱，对于那些在农村奋发图强的改革者缺乏感情，没有要把他们的形象树立起来的执着精神。这些思想认识问题没有解决，农村题材的作品要上新台阶，是不可能的，要想在我省出现像山西那么成集团军地写农村题材的异军突起，是不可能的。

要写好农村题材作品，首要的是了解中国现代新农村。不仅是农村表面生活现象的了解，而且是农村的历史底蕴、社会文化、心理素质的真切了解。浮光掠影地了解是写不出好作品的。即使写出一两个农村形象、人物风貌，如果不能反映出农村变革所给予人和生活的深刻影响，还是没有反映出我们这个伟大的时代来，更不用说要道出前进的方向和萌芽状态的新生事物了。

要对于农村做比较透彻的了解，就必须了解中国历史、文化所给予农村积留下来的根深蒂固的传统意识，还要了解中国的长期革命斗争在农村留下的历史烙印，还要了解在新中国成立后我们的种种正确和错误的政策所加予农村生活和人们心理的影响。当然，对于农村正在进行的艰难的却是成功的伟大改革，对于人们的生活、思想、习俗所产生的影响，更要做深入的了解。不真切地了解中国农村社会，自然无法描写中国的农村，更不用说要洞察农村生产的底蕴和深入农村人的心灵深处，才能写出好的作品来了。

对于一个作家来说，不仅要认识已经存在的社会相，而且要认识事物前进的倾向，感受到萌芽状态的新生事物，这样才能使自己的作品有较高的思想水平。要真做到这一步，没有满腔热情，没有深入农村生活，是做不到的。即使过去扎根在农村生活的作家，如不再深入农村生活，由于生活正在急遽变化，也会隔膜起来，写起来也不免有隔靴搔痒之苦。因此，我以为农村题材创作中，仍然还有一个至关重要的深入生活、跟上时代的问题。要深刻地描写农村，除开要深入生活，当然还要提高文化水平，增长知识。

我们既然是写农村的，以农民为主人公的，就应该考虑自己作品的主要服务对象是农民，那么我们的作品就应该尽力做到为广大的农民喜闻乐见，就应该努力具有中国作风和中国气派。我想这是起码的要求。……我以为农村题材作品应该力求做到雅俗共赏,真正地为广大人民服务。(《在四川作家协会农村题材创作座谈会上的讲话》,1992年)

那种把自己置于农民群众之外,想采取超然的态度来观察和写作,以为这样更冷静和客观,反映更深刻,其实未必然。一个作家如果不是生活的热烈参与者,而只是生活中冷漠的旁观者,是未必知道事和人物的底蕴,未必能写出好的作品的。热烈的参与,冷静的观察,在激动状态下写作,我想这才是好的方法。我甚至主张过,先只做热烈的参与者,然后做沉静的思考和写作。要能沉得下去,浮得起来,能进去也能出来。

大家对于当前某些作品不满意,如概念化、主题先行等,这些是的确有的,前几年还有新的"主题先行论"的作品。我们写农村题材的作品,也要力求避免"有概念无形象,有故事无细节"的做法。这其实是深入生活不够的结果。真正深入生活了,那生动的形象便随处可见,真正深入生活了,那十分生动的细节便俯拾即是,有些奇妙无穷的细节是你怎么也难以想象出来的。生活之树常青,一点也不错。(《在四川作家协会农村题材创作座谈会上的总结》,1992年)

作者： 马老爱作家，逢年过节，只要身体状况好，马老总要参加作家们的座谈会、茶话会等，这是马老爱作家的体现之一，即使不能到场也总要写几句祝福的话，带给大家，几十年如一日。马老的爱不是形式的，是发自心底的，有问候，有建议，有提问，有忠告，也有期许。

马识途： 愿作家、艺术家不以"精神贵族"自居，似乎生就高人一等，理应等待工农来供奉牛奶面包。要严格要求自己，永远以一个从事精神生产的普通劳动者自居。只有自己的灵魂是真善美的，才够格去铸造真善美的灵魂，才够格叫作"灵魂工程师"。作家、艺术家是什么？不过是多伤一点脑筋，多流一点汗水，而且多冒一点风险的人而已。

愿作家、艺术家继承传统，推陈出新，借举外国，洋为中用。不要自惭形秽，拜倒在古人、洋人脚下，把糟粕当精华，以破烂作珍宝。既不故步自封，也不生搬硬套，以我为主，为我所用，用其所长，避其所短。

愿作家，特别是新作家要深入生活，建立稳定的生活基地，做人民的忠实儿子。要努力钻研艺术技巧，提高思想水平和艺术质量，精益求精，力戒粗制滥造，以发表为乐。还要多读一

些书，增长一些见识。除了生活和汗水外，不要相信天才，卖弄小聪明，没有大出息。(《文艺十愿》，1980年)

可以相信，大多数想当作家的青年，动机是纯正的，想以创作为社会主义服务，为人民服务。但是，听说也有极少数的人动机是不够纯正的。有的人想当作家是想获得作家这样一个光荣的头衔；有的人想当作家是为了成名，认为自己是一个天才，只有在文学创作这个方面才能表现自己的天才；有的人想当作家，是在其他工作方面没有取得什么成就，而且太艰苦，想从这个方面来试一试，找寻出路，看这里是不是有什么捷径，一登龙门，身价十倍，或者至少以为当作家是一个轻松的、自由自在的职业吧。如此，等等。到底是什么动机，这是自己要认真回答的。

人民的作家必须和人民具有同样的感情、同样的思想，才能和他们交得深，才知之切，才能理解他们，认识他们，也才能正确地描写他们。有些人到群众中去是浮在上面，甚至住在招待所，找一些群众来座谈，收集一些奇闻轶事，寻找几个模特儿，把自己脑子里已经有的思想，依托这些模特儿和奇闻轶事，加上合理的虚构和想象，还加上自己生花妙笔的插写，以为这样就可以创作出非常好的作品来了。然而我说，他可以写出作品，但不一定写成好的作品。他可以当成作家，但不一定成为好的作家。这一点，我觉得是值得我们青年同志们注意的。

我并不是说这里的青年同志们也要像我一样，去参加各种斗争，若干年之后，再来写东西。我是说，我们的青年同志应深入生活中，也就是说，深入到群众中去，和他们一块儿工作，一块儿学习，一块儿生活，积累自己的素材，同时不断地磨炼自己的笔墨，这样才可以真正地写出一些比较好的作品来，逐渐把自己培养成一个真正的作家。

作为当代作家，如果不是一个睿智的思想家，如果不是和人民同呼吸、共命运，如果不是锲而不舍地提高思想水平和艺术水平，伟大的作品是不可能从天而降呼之欲出的。这是摆在我们中、青年作家，特别是青年作家面前的神圣任务。

一个作家，他总是要力争脱离前人的窠臼，而走自己的新路的，只有这时才可以叫作真正的作家。事实上，我们看到某些新人物出现，一个新作家受到瞩目，不仅仅是因为他的作品在内容上道出了人民之所想，道出了尚未为别家所道出来的新意，也在于他的作品表现形式上出现了能表现他的思想的新的形式，他自己特别的风格。

那么风格是不是就是形式问题呢？不！我以为风格不是形式，或不完全是形式。风格是人，是作家整个的人格、气质、风度的表现，是内容和形式的完整统一，而内容往往是决定性的。因而一个作家写什么内容，寄托什么样的思想感情，对于风格的形成是更为重要的。品格不高，风格也不会高。卑微猥琐的灵魂，裹进什么华丽斑驳的外衣里去，仍然不会闪光。

我还想说，文学青年需要多读一点书，当然读社会生活这部大书是重要的，我这里想说的是印成文字的书。我们要读世界名著和中国名著，这是一个作者的必修课程，这毋庸多说；我们也要读文学理论和文学评论书，这也是必修课。我以为一个作者还必须是一个学者。他应该具有广泛的社会知识和历史知识。王蒙同志在《读书》杂志上曾这么呼吁过，这是有道理的。看一看中外古今的大作家，没有不同时是一个大学问家的。不要说从《红楼梦》中看到曹雪芹的学问和知识的惊人渊博，就是看看鲁迅、郭沫若、茅盾、巴金这些大作家的作品吧，可以看到他们读过多少中外的书哇！我们的确是望尘莫及。

现在的文学青年们恐怕读的书比老一辈的还少，精通外语的自然是更少了。这就是我们的弱点，如果我们有雄心壮志要青出于蓝，超过前人，那就要刻苦读书，这也是文学创作的基本功。

同时我认为，一个作家应该是最有道德、最有修养的人。他的生活是简单朴素的，他的态度是平易近人的，对人民是忠诚的，对生活是热爱的，对他人是诚挚的。

我希望我们的青年同志们，在初学写作时，在开始准备当作家时，首先应该严格约束自己，使自己在道德修养方面提高到一个高水平。那种成名、成家，名利双收的观点，是创作的大敌。这一点，我们许多老作家是很注意的。希望我们的青年同志们，不要去追名逐利；更不要为追名逐利而去投机取巧、弄虚作假，作市侩式的专营。不要把社会上《关系学》引到文学创作中来，不要去搞什么"等价交换"。这和一个社会主义的"灵魂工程师"是风马牛不相及的。（《在四川省青年文学创作会议闭幕式上的讲话》，1983年8月27日）

我们的同志，确实要扎扎实实地深入生活，不是勉强的，也不是组织上硬性安排的，而是自觉地积极地深入生活。深入生活，不仅要身入，还要心入，整个身心都投入群众的斗争中去，观察、体验群众在怎么推动生活的前进。有的同志，你也可以说他"深入"了，但他追求的是所谓单纯的人性美，某种抽象的人道主义，某种自我欣赏的东西，在自己构筑的小天地里汲取素材，创制作品，而对于我们整个社会的前进，对于现实生活里的重大矛盾斗争，千百万人关心的重大问题，视而不见，不敢去描写新的英雄人物、新的斗争。当然，这个问题是和我们自身的认识水平、思想倾向有关。如果，我们不在思想上、学识上提高，到了那里，你也会视而不见，只会看到一些渺小的，或者陈旧落后的东西，而看不到那种潜在的、正在生长的伟大力量。（《在中国作家协会四川分会常务理事扩大会上的讲话》，1984年2月23日）

我希望从文学院出来的文学新人，不管怎么青出于蓝而胜于蓝，已经取得多么辉煌的成就，都请听一听一个文学老人在远方的唠叨吧。首先，我始终认为，文学为最广大的人民服务，为当前的社会主义建设服务，是我们作为人民的文学家所必须坚持的。用思想高尚而又有艺术魅力的文学作品去满足各个层次人群的文化需要，就是我们的任务。固然要争取起到我们主观上所期望的教育作用，但同时更要注意群众在客观上想获得的艺术享受和娱乐作用，即所谓"寓教于美""寓教于乐"。用不同风格、不同形式和内容的、高档的和低档的、严肃的和通俗的文学作品去满足各个层次的读者需求，这就是我们的群众观点。而且只有这样，才可能解决所谓文学滑坡，创作不景气的问题，也只有这样才能遏制那些黄色的庸俗的毒品的流行。

我仍然认为生活是创作的唯一源泉。既然我们的文学所反映的是我国历史现实里人民的生活，作家就应该利用各种机会和采取各种方式，深入惊心动魄的人民斗争生活，自己也真"下海"去参加那些斗争，去观察、体验、研究和精心创作。我不太相信所谓的天才，三五成群，坐在沙龙里神侃，就能侃出流芳千古的伟大作品来。好像历史上没有出现过这样的事，今后会不会出现，且拭目以待。（《万里云天一片情——祝贺四川省作家协会文学院成立十周年》，《四川日报》，1993年10月7日）

如此伟大的时代，作家作为历史的记录者和人民的代言人，理应写出伟大的作品来。

成都历来是我国的文化之都，文风很盛，出过不少著名文人，且不说扬雄、司马相如，现代的巴金、艾芜、沙汀、陈翔鹤，都是在成都这个文化圈里成长起来的。我不相信成都后继乏人，事实上成都已经涌现出许多显露才华的有希望的青年作家，问题是我们如何对他们进行扶植和培养，给他们提供良好的创作条件，为他们服务好，使他们充分发挥积极性和创造性。对他们既要热情关怀，又要严格要求。把工作做到每一个作家的身上去，做到每一部作品里去。我指望着出类拔萃的作家群，将要在这个千里沃野的天府之国里生长起来。（《在成都市作家协会成立大会上的讲话》，1995 年12 月）

有的作家不喜欢谈什么主义和思想方法。是的，文学作品不是哲学讲义的诠释，不是政治的摹写。一个作家在用形象思维描绘客观世界和刻画内心活动时，是很难想到也不应该想到什么主义和什么思想方法的。但是作品正是客观世界包括心理活动在作家头脑中反映的产物，既无法完全脱离现实的政治，也无法摆脱用这样或那样的方法去观察、思考和描写。而我们鼓励用唯物辩证法进行观察和思考，因为这是最科学的思想方法，能够更准确更深入地观察社会生活和内心活动，能够写出思想性和艺术性都较好的作品。

作家以什么方法用什么文学形式进行创作，完全是作家的自由，也就是邓小平同志说的"写什么，怎么写，只能由文艺家在艺术实践中去探索和逐步求得解决"。我们必须坚持百家争鸣和百花齐放的方针，只有这样才能促进文学创作的繁荣。

文学是一种创造。文学作品是不能像商品那样按一个样板进行复制的。文学也不能像生产计划或建设工程那样按计划照样板进行生产。文学如果能按样板那样进行创作，那就再也没有文学也没有作家了。一个作家的本能就是对于现实生活的不断挖掘，同时对于自己的不断超越，这就是创造。连自己的作品也是不能重复的。然而我们过去读到的"复制文学"实在太多了。现在市场经济条件下，作品商品化成为时尚，按书商的商品要求进行复制的作品屡见不鲜，这不是另外一种形态的"样板文学"吗？这种文学可以迎合于一时，是没有多少文学价值，也没有多少生命力的。

作家还是要改造世界观。其实从理论上说，改造世界观，并不是一件可怕的事，而是一件好事。所谓改造世界观就是改造我们的主观世界，就是改造主观对于客观世界的认识能力，使主观世界更合于客观世界的实际，从而提高我们改造客观世界的能力。一个作家能够更清楚地认识客观世界，了解世界上各种纷繁的人与事的底蕴，这样对于形象化的描写，不是更准确更生动吗？不是可以提高自己的创作能力吗？这有什么可怕的？作家改造世界观，当然完全是自觉自愿地在自己的创作活动中来进行，我说的就是这个。（《十一届三中全会举行二十周年在四川省文艺界座谈会上的发言》，1998年12月10日）

作家们不要过于迷恋和过于热心获奖。这并不是泼冷水。获奖也许能帮助提高知名度，但读者却未必是读获奖作品后，才知道作家和作品的优劣的。作家和作品的优劣，只有读者才是最后的裁判者，并且要经受历史的考验。世界的名著不一定是因为得了诺贝尔奖而出色的，而得诺贝尔奖的文学作品不一定能进入世界名著行列。所以我有个大不敬的想法，何苦为诺贝尔文学奖而单相思？作家何必为进入或未进入什么"杯"，什么"工程"系列而操心？……我从不相信文艺作品可以像工程那么设计施工来产生。这样的做法我们在"大跃进"时干过，只是带来一些笑料。其实那些好作品何曾是先设计后施工产生的，不过是好作品已经写出来了，才被列入"工程"系列罢了。所以我至今相信和王火取得共识的话，能耐大寂寞，才出大作品。心躁气浮，纠缠于名枷利锁，是写不出大作品的，甚至写不出好作品。（《在四川省作家协会五届三次全委会上的讲话》，2000年5月10日）

我在今年四川省作协的新年贺卡上题了一首七绝诗："寒梅澡雪特精神，已看红蕾爆早春。最盼初鸣雏凤仔，敢将旧唱变新声。"我以为把它移来赠送给青年作家是合适的。中国古代文人很崇尚一种"澡雪精神"，寒梅澡雪，就是文章有骨。你们都是已经或就要绽放的红蕾，正待迎接新的文学春天。我相信你们这些初鸣的小凤，一定会如大诗人李商隐说的"桐花万里丹山路，雏凤清于老凤声"，会比我们唱得更好，一定会后来居上，超越我们。一定敢把我们的旧唱变成你们的新声。这就是我这个八十几岁老人对于你们的希望。

如果你们不嫌我这个老人的唠叨，我想提出两个问题，请你们回答：（一）你为什么想当作家？（二）你想怎样当作家？

前一个问题是回答作家是干什么的，后一个问题是回答如何进行创作。讨论这两个问题的书可以说是汗牛充栋，对你们来说也许只是 ABC 的事，不屑置答。但是我以为要想当一个作家，特别是要想当一个出色的作家，是必须认真地回答这两个问题的。事实上个人都在用自己的创作实践，用自己的作品回答了。那答案却是五花八门的。

文学诚然是神圣的事业，作家诚然是受人尊敬的光荣称号。但是要用自己的作品无愧于这种神圣的事业，作家要无愧于人民对我们的尊敬，无愧于这个光荣的称号，却并不是容易的事。

…………

一、我以为文学的终极目的，是对于人类的人道主义关怀，是不倦地追求真善美，反对假恶丑。在用文学来描写人类的异化和反异化的矛盾和斗争时，首先不要把自己异化了。

二、我主张作家应以一个平常人自居，以平常心去写平常人的平常事，从他们的灵魂里发掘出平常而伟大的真理。这样反倒可以写出非常之事和非常之人，能够写出反映时代、传之久远的非常作品来。

三、二十年前我就说过，想当作家，最好先不要想当作家，好好生活和工作，待到生活积累丰厚，文笔磨炼成熟，也许有朝一日,"烂熟于胸,偶然得之",一发而不可止,终于写出了好作品。不想当作家反倒当成了作家。

四、我奉劝青年作家:一要甘于寂寞和清苦。能耐大寂寞,可出大作品。安于清苦,可免心浮气躁。二不为人使,不为物役。不赶时髦,不随俗流。三要不断深掘,力求超越自己。四莫浪费时间,好好读书,提高文化素养。中外的书,古今的书都读,特别是中国的古书要涉猎,外国作品,如有可能,最好读原版,至少是英文版。五无挂碍,无恐惧。进得去,出得来,提得起,放得下。(《在四川省第二次青年创作会议上的讲话》,2000年5月12日)

我以为我们就应该自觉地有历史责任感和使命感,能真正以自己的作品代表先进文化发展方向,能做一位名实相符的灵魂工程师,就要真做到与时俱进,开拓创新。创作就是创新,文学创作就是不断超越自己,超越时代。我们自己要有一种激励机制和自我约束机制。激励机制就是要有精品意识。反对平庸和浅薄,宁肯少些,但要好些,宁要几部好作品,不要一百本无足轻重的平凡之作,宁肯要几个能耐大寂寞、潜心写大作的作家,而无须那么多吹吹打打、盛名不符的作家,其作品不过是昙花一现，才几时，"风流总被雨打风吹去"，更不需要那些不搞创作和评论，不干实事的只是登记在册的空头作家，更不用说那种"功夫在文外"只求混世的作家了。

我说要有自我约束机制，就是约束自己，把文学创作和工作当作自己的终身追求，不要把文学创作和工作当作孜孜于追名、逐利、谋位，作为升迁的资本。不要屈从于出版社和书商，不拜倒于权门世贾，不做金钱的奴隶，也不要务虚名而受实祸，更不要搞邪门歪道，制造垃圾文学。（《在四川省作家协会第六次代表大会闭幕式上的讲话》，2002 年 6 月 28 日）

要想获得茅盾文学奖，不是一件容易的事。他们的得奖作品，就像一座一座的艺术高峰，屹立在我们的面前，要登上并超越不是轻而易举的，但也不是高不可攀的。就看我们的中青年作家有没有这样的勇气和扎实的功底。勇气和功底，只有从长期的学习和刻苦的磨炼中才能获得，而且最要紧的是有一颗永远热爱祖国热爱人民的赤子之心。

四川是一个风景颇好且有相当深厚文化积淀的地方，这里的人文景观也许值得获奖作家们观察思考。也许诸位在这个号称"来了就不想走的城市"成都，获得创作素材和灵感，更伟

大的作品将从你们的笔尖流淌出来。(《在茅盾文学奖获奖作家四川行座谈会上欢迎词》,2005年10月11日)

不管别人怎么说,我仍然坚持,文学是有用的。文学是人类有所为而为的一种社会活动。人类的任何活动都是一种有目的的和有意识的活动,是一种历史现象、一种历史过程,都不是任意而无序的,都是想从这些活动中得到物质或精神的满足。满足便是人们使用了一种有用的事物所产生的一种满意的情绪。人们使用文学这个工具,也是为了满足人们的精神需要,自然是有用的了。

文学之所以在有一些人看来无用,是因为它不像粮食,几天不吃,就要见阎王,不像布匹,一冬不穿,就要翘辫子,所以连白痴也会知道粮食布匹是有用的。文学这种精神产品就不同了,从来没有享受过或享受很少的人,也许没有多少感觉,享受惯了的人,一时不享受,最多一时感到不舒服罢了,不享受文学既不会死人,也不会亡国。但奇怪的是,一有人类出现便有艺术活动的出现,最原始的人也会跳舞、唱歌、绘画,做出一串贝壳来挂在颈项上。这些活动既不能吃,也不能穿,只能提供一种精神享受。为什么原始人那么看重,简直和茹毛饮血一样不可须臾或离呢？因为他们可以从这里获得精神上的满足，以改善他们的生活条件，促进进步。对他们来说，这不都是很有用吗？至于现代人认为文学可以抒发人们的感情，净化人们的灵魂，激发人们的斗志，促进物质生产，是尽人皆知的了。甚至抽烟这种医生认为无益有害的活动，在一个作家看来，抽烟可以刺激他的灵感，对他是很有用的呢。怎么可以说他从事的文学创作，倒反而成了无用的劳动了呢？

因此我认为文学是有用的，无论你承认不承认，但是我主张作家在进行创作时，可以不斤斤计较于有什么用，而遵循文学规律，描绘客观世界，写出真实的人和社会。如果说一句据说过时了的话"创造典型环境中的典型性格"，我更希望不必向作家事先提出这样那样的特别要求，颁发这样那样的特别戒条，一定要产生这样那样的特别社会效果。有没有社会效果，让他写出来，投向社会，接受读者的检验，接受历史的淘洗吧。
（《文学有用》）

作者： 文学创作追求什么？马老的回答毫不含糊：永远追求真善美。

马识途： 我以为文学创作并不是商品社会中的商品，必须时时赶行市，必须随时做广告，宣称自己是"誉满全球""领导时代新潮流"的。

我以为在文学创作方法上这个主义那个主义，都无所谓绝对的新或旧、好与坏，也没有多少争论的价值。每个作家都有权而且必要用他认为最能表现他的思想感情的方法和形式进行创作。还是多样化一点为好，哪怕是墙角一株小花、一棵野草，也可以为文学百花园增添光彩，不应该受到贬斥和嘲弄。(《也说现实主义》，1991年9月21日)

我们工作的出发点和最终的落脚点，都是为了繁荣文学创作。创作是目的，创作是作家的神圣职责。我们不必去对别人的文学创作评头论足，我们也不必为时下出现的这个"主义"那个"派"的种种鼓噪而怦然动心，也不必为对于四川创作的或喜或忧的说三道四，而喜形于色或忧心如焚。我们用不着去赶行市，趋时髦，打旗号，开山门。不惜"功夫在文外"，去追逐那些虚有其名的各种名目的桂冠，各种奖杯、奖盘、奖瓶、奖状、奖金。还是那句老话："让人说去吧，走自己的路。"最要紧的是踏实地努力搞自己的创作。一切沽名钓誉，争权夺利都是空的，拿出好作品才是实在的。让作品自己说话，让群众去评说，让历史去做裁判吧。

我以为一个作家的神圣职责就是创作，作家应正名为"从事创作的专家"，就是要为人民提供好的精神食粮，创作能够反映他们的真实生活，能够满足他们的艺术享受，能够鼓舞他们前进，能够把他们从精神上提升起来的文学作品。这也许就是我们说的"二为"方向。当然，我们提倡作品要在艺术上精益求精，提倡各种题材和体裁的探索，各种表现形式的尝试，各种风格和文体的追求。文学的本质就是追求真、善、美，对于文学说来，"创造"就是一切。这也许就是我们说的"双百"方针吧。（《在成都市作家协会成立大会上的讲话》，1995年12月）

以反映人类的生活、净化人的灵魂从事文学创作的作家，当然也是在自己文学创作中追求至真至善至美，以之作为出发点和归宿点。

可以说一切文学好作品，特别是小说和戏剧，都是描述真善美与假恶丑的斗争的，都是弘扬真善美，批判假恶丑的，这便是一切文学作品的评判标准，也是作为一个所谓灵魂工程师的作家的唯一的神圣职责。

我们现在的文学提倡以高尚的精神鼓舞人，以崇高的形象感染人。我们的文学仍然是在人与自身、人与人、人与社会、人与自然的种种矛盾中，描绘真善美与假恶丑，人性与兽性的斗争景象，从中弘扬真善美，张扬人性，揭露假恶丑，批判兽性，以求人类能在精神上提升自己，净化自己的灵魂，以帮助构建一个和谐社会。可以说，这仍旧是我们今天文学的主题。无论表现什么题材、体裁，无论用什么形式，无论采取什么创作方法，归根到底，我们的文学，就是为了净化人们的灵魂，提高人们的思想，构建一个和谐的充满真善美的理想社会而存在的，这也是作家的神圣使命。

关于文学创作的出发点和归宿点都是追求真善美的观点，十几年前我就和艾芜老人讨论过，我还发表过文章《文学的目的——真善美》。……我现在仍然坚持这个观点。如果我的观点能够成立，那么以之考察今天的文学作品，就可知优劣了。如果我们作家都在追求真善美，那么文学的人文终极关怀，美学边疆，主流意识的问题也就解决了。

我之所以在这一次大概是我的告别讲话的全委会讲话中特别强调作家创作要追求真善美，我是想告诉作家们，作为一个以灵魂工程师自命的作家，无论在什么时候，在什么环境中，做什么事情，面对任何威胁或诱惑，都不要动摇自己在人间追求真善美反对假恶丑的决心，哪怕像我在巴金老人灵前说的要付出生命的代价。我想鲁迅说的"横眉冷对千夫指，俯首甘为孺子牛"，也就是这个意思吧。(《文学创作要追求真善美——在四川省作协六届五次全委会上的讲话》，2006年3月31日)

一切作家艺术家所追求的，就是真善美。可以说一切作品，特别是小说、戏剧都是形象地描绘（不是叙说和解析）人类生活中的真善美与假恶丑的斗争，人性与兽性的斗争，人道主义与非人道主义的斗争，本性的人与异化或物化的人的斗争。一切艺术作品如果说有什么目的的话，就是净化人们的灵魂，提升人的趋善的精神境界，鼓励人们相信真理，追求真理，让人们从作品的美学享受中得到灵魂的安息与鼓舞。(《文艺随谈》，2006年4月17日)

我们的确到了一个新的文艺的发展阶段，我们非常需要和这个伟大时代相匹配的伟大的作家和伟大的作品。

现在你们就应该有机会、有能力在伟大的时代产生出伟大的作品。这是我作为一个老作家的殷切希望。……我希望

写作品的作家要成为真正的作家,写真正的文学。(《在四川省作协第七次全省代表大会闭幕式上的讲话》,2009年2月27日)

作者: 马老特别注重创作的地域性表达。四川大学文学院的李怡教授曾撰文说,1983年《夜谭十记》问世,马老再一次揭橥四川现代文学的地方路径之旗,可谓是中国现代文学发展的重要文学动向,可惜的是,长期没有引起学界足够的重视。2020年,《夜谭续记》再现,这种独特的文学之路更加鲜明和成熟。在这四十年的文学辗转演变间,马老的执着结出了更为丰硕的果实。老马识"途",马老真的带着我们重新踏上了现当代文学中极具个性的"地方路径"之途,这是中国当代文学发展另辟蹊径的重要方向。马老一直坚持四川文学创作要有川味,那么这川味到底是什么味?

马识途: 四川自来文学昌盛,在现代文学创作上也是人才辈出,尽人皆知。对于古代最突出的如陈子昂、李白、杜甫、苏东坡、杨升庵等,已经有人研究,有的建立了专门的研究会。但是现代的除开郭沫若建立了专门的研究会,有众多的研究学者,并定期举行研讨会,定期出版研究刊物外,其他的如全国著名的巴金、李劼人、沙汀、艾芜，除开少数学者发表过评论著作外，系统研究可以说还没有开始。近一年来才有李劼人百年诞辰纪念活动、巴金国际学术讨论和这一次的沙汀学术讨论会的举行。……这对于推动我省文学事业的繁荣发展，是大有好处的。我来这里以前，到沙老家里去，他就对我说，李劼人写的描写辛亥革命的作品，其实不比20世纪30年代茅盾写的《子夜》差。对于李劼人的研究应该受到重视。其实李劼人早就受到郭沫若的很高评价，说他是中国的左拉，写的作品是当代《华阳国志》。可惜至今研究他的人不多。关于研究四川作家，包括古今著名作家，也包括现代的颇有生气的中青年作家在内，实在是一件值得研究的问题，希望引起文学界、学术界的和有关领导的关心。（《研究沙汀 学习沙汀——在纪念沙汀创作六十周年作品讨论会上的发言》，1991年12月3日）

最令人兴奋的是浓郁的川味。我以为作品写四川的人物事件，而不具有川味，那是不够味的，假如不能说不够格的话。川味并不是猎奇，而是要有四川人的气质、风度、语言、情趣、幽默感、风俗习惯、山川景象，而且是典型化的。这样就易于在艺术上异彩纷呈，在中国文艺中占有特殊的地位。川剧、川曲、川歌、川舞，都是如此，川文、川影视也应如此。看看李劼人和沙汀的小说，看看电影《抓壮丁》，都是以川味取胜的。我想套用一句话：越有地方性就越有全国性。（《名著改编和地方特色——从四川台的川味电视剧谈起》，《人民日报》，1994年6月4日）

四川是一个文化传统、风俗人情，以至语言，都很有特色的文明之地，作家写四川的人物和事情，应该有四川的特色，应该有"川味"。而不是去模仿，以致抄袭外边的甚至外国的作家和作品，包括那种食洋不化的外国腔调，那是最没有出息的。我说的"川味"，不只是会用几句方言，甚至外边的人看不懂的土话，而是指四川人的气质、秉性、幽默感和形象生动可以传神的语言。在这方面李劼人、沙汀给我们做出过好榜样，《抓壮丁》也是一个榜样，值得研究和学习。我以为越是有地方性，便更具有全国性，具有中国性，便更具有世界性了。(《在成都市作家协会成立大会上的讲话》，1995年12月）

作者： 2020年，在马老《夜谭续记》作品研讨会上，中国作协副主席李敬泽表示："马老是一个非常宽阔的作家，是一个奇迹。子弹在龙门阵中飞了一百年，到现在也依然充满活力,充满力量。"在李敬泽看来,马老不仅是《夜谭续记》的马老,还是《清江壮歌》的马老,是直接面对时代和历史写出史诗性作品的作家,"马老作为一个革命者,也作为一个经历了20世纪风云的大作家,把对历史的态度体现在不同侧面里"。

马老曾担任四川省作家协会主席,之后也一直是四川省作家协会和重庆市作家协会的名誉主席。我们今天面对的《夜谭续记》中的"续"字,正是马老不断向前迈进并不断超越自己的最凝练、最生动、最真切的写照。我们深切地感受到,他那颗火热的心始终牵念着文学,他传递给我们的温度依然是那样灼热,传递给我们的力量依然是那样坚定。

六、马识途谈书法与川剧

作者：马老不仅是一位作家，也是一位书法家，马老的书法作品一方面体现出自己的人生信仰、人生态度，另一方面亦显现了马老对读书写作的看法和坚持。马老书写过"为天地立心，为生民立命，为往圣继绝学，为万世开太平""通达。人之在世，在于通情达理""事能知足心常乐，人到无求品自高""人生价值在于奉献，不在于索取"。尤其是马老在中国共产党成立一百周年时写下的"心存魏阙常思国，身老江湖仍矢忠"，展示出一位党龄八十三年的老党员对理想信念的坚持。马老曾在2005年《九十自寿词》中写道"须永记要爱民爱国，矢勇矢忠"，也曾说"要问我怎样走上文学创作道路的，我却毫不犹疑地回答：革命。我没有走上革命之路，我也就不可能走上文学之路"。足见马老一直坚持的人生方向。而"板凳要坐十年冷，文章不写一句空""读书之道，莫贵于循序而致精""文章千古事，得失寸心知"等书法作品则代表了马老作为"业余作家"的专业，正如马老1995年的一幅书法作品中的内容："鲁迅先生说：什么是路？就是从没有路的地方践踏出来的，从只有荆棘的地方开辟出来的。我亦有诗句曰：有路可走的人是幸福的，知道走路的人可以自豪，敢于走路的人却更值得骄傲。以此数语书赠，从荆棘中开辟出路来，敢于走路的今日之开拓者。"

马老的书法出众，撰联更是精妙。在马老的百岁书法展开幕式上，王蒙先生在致辞中说："我见过很多寿星，但没见过像马识途前辈、马识途老师、马识途大哥这么滋润，这么匀称，这么舒服的老人。我不懂书法，但马老的隶书充满活力和趣味。马老撰的对联，我五体投地，了不起，我服您了。"当时王蒙先生还选了几副马老书写的对联念给大家，如"与万卷诗书为友，留一根脊骨做人""与有肝胆人共事，于无字句处读书"等，多与读写有关，足可当青年作家的座右铭。马老一直自谦，说自己"不过是公余之暇,文学创作之余,兴之所至,信笔涂鸦,以之自娱,迄未得法,甚少可观,我从未以书法家自命。但确也有一些感受"。马老在百岁书法展答谢词中,特意提到了这些感受,其中一个感受是"书以载道",马老说"书法是一种艺术,凡艺术都要有所为而为,书法只是载体,要有思想内涵,不是为艺术而艺术"。而也正"因为我是一个作家,多少知道一点艺术规律,书法是一种艺术,多少也知道一点书法艺术的规律"。这个规律是马老在《写字人语》中谈到的一句"真言",也是马老的书法作品内容,即"书贵有法,书无定法,要在有法无法之际,于有法中求无法,挥洒自如,兴尽而止"。简言之,即如马老所写——"无法即法"。

马识途:我曾经在书法协会的一次会上说过,我们的书法要搞好,"品、格、艺、技"这四个字要排一个次序。"品"和"格"最要紧,其次是"艺"和"技"。一个人的品格不高,他的书法的技艺也不可能有什么突破。当然,艺术是要追求的,技巧是要力求精益求精的。然而,人品人格的情况怎么样,对你的技艺的提高影响极大。(《写字人语》,2007年8月)

中国书法是中国独有的一种艺术表现形式。它是书法家的思想、感情和品德的一种特殊的艺术性的宣泄形式。所以古人说"书为心画"。既然是艺术的表达，它就必须遵循艺术的规律，因为是书法艺术，它就必须遵循书法艺术的特殊规律。

因为我是一个作家，多少知道一点艺术规律，书法是一种艺术，多少也知道一点书法艺术的规律。

只悟得一句真言："书贵有法，书无定法，要在有法无法之际，于有法中求无法，挥洒自如，兴尽而止。"我是赞成"无法即法，是为至法"的，但我更主张"于有法中求无法"。(《在中国作家协会四川分会常务理事扩大会上的讲话》，1984 年 2 月 23 日）

感受之一是，中国的汉字书法，是世界未见、中国独有的文化瑰宝，有独特的艺术价值，凡读汉文的莫不喜写汉字，以求得美的欣赏，我们当珍惜这件文化瑰宝，发扬光大。

感受之二是，人人习书，但想成为书法家，却非易事。我的体会是，无过人天资者、无钻研耐力者、心思浮躁者，很难成为书法家。至于欲以书法作敲门砖，求名得利者，更无论矣。

感受之三是，"书贵有法"。必须学习历代传统书法，锲而不舍，打下坚实基本功，始望有成。不可未学爬便学飞，自以为龙飞凤舞，其实是鬼画桃符，绝不可取。

感受之四是，"书以载道"。书法是一种艺术，凡艺术都要有所为而为，书法只是载体，要有思想内涵，不是为艺术而艺术。

这四点感受，我想请教于书法大家们，并与学书勉。〔《百岁拾忆（学书法）》〕

回首我的书法实践，作品虽不足以传世，但我积八十年习字的经验，仍有愚得。我对书法的观点是：（一）书以载道。书法不是无所为而为，任何艺术作品在艺术性之外，还有思想性，书法也不例外。（二）书贵有法，书无定法。习书临帖的基本功绝不可少，由远而近，由近而远，在有法无法之间，于有法中求无法，独创一格。（三）不以画代书法。不要把字写得花花草草，以致不能辨认，还反以创新自诩。书法创造性是必要的，但也要有章法。（四）不以书法为求名得利的工具。艺术家品格高低决定其作品的高低。（《马识途百岁书法展答谢辞》，2014年5月24日）

我以为中国书法艺术，总应是学习中国传统书法的基础上而又力求艺术上的标新立异，即古人所谓学书之道，总要从临摹前人书法入手，由远而近，达至极似，几可乱真，然后由近而远，脱离宗师，创立自己独特的不足成家也自成一格。(《〈刘诗白书法集〉观后絮言》)

作者：无论是书法还是写作，马老都不急于一时，在马老看来，写作亦与书法相通，"中国书法是书法家的思想、感情、品德的一种特殊的艺术性的宣泄形式，所以古人说'书为心画'……书法应是出自人的本性，性灵的外露，情绪的宣泄，贵在自然，不宜刻意为之"，写作亦然。"你是一个怎样的人，就只能写出怎样的作品，你的思想水平多高，你的作品水平多高，言为心表，文如其人……你如果想创作革命的作品，你必须首先做一个革命的人"。

应该说，马老的文学艺术作品，都充盈着深厚浓郁的属于特定历史时期的社会环境的生活气息；有着经得起反复品读的独特内蕴，从而构建起隽永醇厚又独具一格的艺术特征。这是马老一直怀着炽热的情感，兴致盎然地观察并体验生活后又将之艺术地再现出来的社会图景，也是马老一直坚守的为中国老百姓喜闻乐见的有着中国作风和中国气派的中国文学之路。

马老虽常以业余作家自谦，但其实由于工作需要、兴趣使然等各种原因，马老对文艺领域的许多方面皆有涉猎，譬如川剧。而早年西南联合大学求学的经历，使得马老能结合文艺创作实际，以理性的科学态度对文艺创作进行理论性思考，形成自成体系的文艺创作与批评理论。这一理论以"创作出中国老百姓喜闻乐见的文艺作品"为核心，主张坚持"中国作风、中国气派"。以此理论为基础，马老对于川剧这一古老剧种的新发展，也提出了自己的独到见解。这些具有前瞻性的见解虽大多发表于20世纪80年代，但放在今天来看也并不过时。

马识途： 川剧是一个源远流长的地方剧种，它有深厚的群众基础，是四川一亿人民所喜闻乐见的大剧种。这不仅是他们不可缺少的文娱工具，而且是对他们进行精神文明教育的了不起的工具。川剧是全国颇为人瞩目的几个大剧种之一，曾经在北京舞台以至其他地方的舞台上受到文艺界和广大观众的激赏，还多次出国，受到外国观众的欢迎。它有深厚的传统和精湛的艺术，是中国戏曲百花园中的一枝奇花。

我至今不能忘记以喜剧形式来反映一个悲剧的《拉郎配》，使我获得很好的艺术享受，我含着眼泪的微笑，其实不亚于我读一出莎士比亚悲喜剧的感受。我曾经不止一次地陪外宾看竞华的《思凡》，他们认为在舞台上演长达四十几分钟的独角戏，能使台下观众清风雅静地专心欣赏，世界上也不多见。

我以为川剧中那种刻画入微的心理描写，引人入胜的曲折故事，惊人的艺术夸张手法，幽默而生动的语言，各种精湛的程式表演和荡气回肠的唱腔，的确是雅俗共赏，令人绝倒的。我感觉到传统戏中（当然不只是川剧）的确有极其丰富的艺术瑰宝，需要我们去发掘和打磨，绝不可以对川剧抱轻率的虚无主义态度。

最近我对青年作家说，写短篇小说最好看一看川剧折子戏，可以得到许多启发。又请川剧研究院席明真院长去向他们讲解，大家反映不错。不久以前，我不仅听到现代川剧《四姑娘》在北京受奖的消息，而且听到省川剧院的《绣襦记》连演三百场而不衰，还听到一个县川剧团演出做了一些改革尝试的《芙蓉花仙》历数百场而不衰。这些事实越发坚定了我对川剧的上述看法。那种认为川剧没有前途，青年人不爱看，势必为话剧、歌舞所代替，那种认为川剧的主要欣赏者"老头胡子尖尖脚"们寿终正寝后，川剧也就到了进棺材的时候了的危言耸听，是没有根据的。只要我们认真进行改革，打磨出一批震动艺坛的好戏，使川剧真正振兴起来了，真是了不得的好事。

川剧的振兴当然还是在"抢救、继承、改革、发展"八个字上做文章。第一方面也是最紧迫的方面，是抢救老艺人们的传统表演艺术，把他们的精湛技艺进行录像，汇点滴以成江河。同时请他们物色可以造就的徒弟，精心传授，承宗接代，使之青出于蓝。第二方面是从那"唐三千，宋八百，数不清的三列国"的众多传统剧目中，认真选出一批好戏来。

总之，我以为川剧振兴大有希望，但是必须认真努力，埋头苦干。第一要有振兴川剧的紧迫感；第二要认真组织起来；第三要调动一切积极因素，抓出几个拿得出去叫得响的好戏；第四要解放思想，敢于实验，推陈出新。（《我也说振兴川剧》，《川剧艺术》，1982年第4期）

我以为，作为人民喜闻乐见的地方戏是属于人民的，只要人民不灭亡，地方戏也不会灭亡。川剧是四川一亿人民喜爱的剧种，只要地球不爆炸，四川不陷落，一亿人还在，川剧就不会灭亡。只要川剧能随四川人民的前进而前进，无论在政治内容或艺术形式上，都不脱离四川人民的政治倾向和艺术爱好，在前进中不断地进行认真的恰如其分的改革，川剧便会永葆其美妙的青春，悲观的论点、无所作为的论点都是没有根据的。

如果川剧一旦脱离四川人民，就会如鱼离水，不灭亡也会逐步衰落，以致苟延残喘，不可终日了。川剧脱离四川人民有两条路：一条是跟不上四川人民前进的步伐，人民的政治水平、思想道德水平和艺术欣赏水平都提高了，欣赏趣味也改变了，我们还是抱残守缺，不求长进，不去适应新的生活形式；一条是胡乱改革，胡诌乱编，弄得川剧面目全非，名存实亡。这两种倾向，都可陷川剧于危难。

我以为在四川，川剧早就存在了，而且是很有自信心、能够兼收并容外来的和民间的戏曲，博采众长，使自己变得更为生动活泼，更为人民喜闻乐见，因而更有生命力。事实上是本地的川剧融合外来的戏曲，吸收外来戏曲的营养充实了川剧。吸收了苏昆形成川昆，吸收了弋阳腔形成川高腔，吸收了秦腔形成弹戏，吸收了徽调汉调形成胡琴腔，吸收了本地民间花灯形成灯戏。这是以原来川剧为主，吸收外地声腔之所长，充实了自己，而不是那些外来戏曲简单地移植进来后，才产生了川剧。

我之所以要班门弄斧地说川剧流变，是想说明，川剧实在是一个源远流长、深深扎根于四川人民之中的剧种，特别富于生命力和灵活性，富于弹性和可塑性，从来不是抱残守缺，凝固不化，它能够随时代而不断演化前进，它善于吸收外来的和本地的新鲜事物不断改革，使自己更富于生命。

第一条，川剧一定要改革，不改革不能前进，不改革将脱离广大人民，而脱离人民就意味着灭亡。绝不可以抱残守缺，故步自封，好像现有的一切都是祖传衣钵，灵丹妙药，全动不得。

第二条，川剧改革的指导方针，还是以"百花齐放，推陈出新"为好。所谓推陈出新，是要继承传统，取其精华，去其糟粕，不断创新。推陈是为了出新，继承也是为了创新。所谓百花齐放，就是容许不同风格和不同流派的存在，容许互相竞赛，互相渗透，切磋琢磨，取长补短。容许改革得快一点，慢一点，多一点，少一点，以实践作标准，让观众来评判。

第三条，我赞成川剧要姓"川"，也就是说，无论怎么改革，川剧总是川剧。也就是说要有"川味"，要"挨得拢"，要"不离谱"，什么叫"川味"，什么是"川剧"而不是"川歌"，争论似乎不少，但是我看大家还是同意川剧必须有一种四川地方色彩，有一种浓郁的四川味道，为四川人民所喜闻乐见的新鲜活泼的四川风格。……如何才是"挨得拢"，怎样才叫"不离谱"，也有许多不同看法和理解，但是川剧之所以为川剧的一个客观上存在的"谱"总是有的吧。那么我们应该从大量的川剧剧目中，各种表演艺术中去寻求川剧有别于其他剧种的特殊性的东西，同时从川剧的不同河道和流派以及每一流派中不同艺人的表演艺术中去发掘其一般性的东西，参之以历史流变的辙迹，找出大家能同意的"川味"和"谱"来，这便是我们必须继承和发扬光大的东西。只有大家站在这个共同肯定的立场说话办事，才有共同的语言，才可以与言川剧改革。（《外行说川剧改革》，《戏剧与电影》，1982年第4期）

现在川剧改革，也应该吸收人家的长处，为我所用，千万不可自居老大，故步自封，不求长进。川剧和别的剧种交流以至交融，是改革和提高自己的必由之路。川剧的确有宝，可以扩散给别人，听说新起的吉剧就从川剧吸收了一些长处，很有生命力。那么川剧的某些程式，某些唱腔，为什么不可以改造，输入到现代的歌唱和舞蹈中去？我在早上听到成都广播电台市郊节目的序曲，明显来自川剧音乐，就很动听。辽剧的有些曲牌可不可以改造进入流行歌曲、通俗歌曲中去呢？西北民歌入通俗歌曲，形成"西北风"，值得思考。川剧的舞蹈身段输入到现代舞蹈中去，四川歌舞团已尝试过，不是在德国汉堡艺术节中大受青睐吗？而川剧新试验的《红梅阁》，化入了一些现代舞蹈，不是看来也顺眼吗？正如阳友鹤在《金山寺》中独创了挺举一样。至于川剧的幽默和讽刺手法，在全国是驰名的，用之于话剧、小说、电影，也是大有开拓余地的。

总之，我的意思，川剧要改革，就要吸收，扩散，渗透，交融，促进新的艺术形式的出现。如果川剧改革只着意于抢救和继承，而不多着意于改革、创新、发展，是很难振兴的。如果因而弄得非驴非马，出了一匹能跑能跳的骡子，只要广大观众欢迎，也未始不可。我以为阳友鹤的精神在此，也要这样才是真正纪念阳友鹤。（《一代桐凤——阳友鹤文存·序》，1989年8月）

作者： 马老对于川剧是有着深厚感情的，对川剧的许多名家名角名剧都非常熟悉，谈起来如数家珍。在他看来，川剧这一源远流长的地方剧种，有着其深厚的群众基础，是四川人民不可缺少的文娱工具，也是四川人民重要的精神教育工具。他曾对青年作家说："写短篇小说最好看一看川剧折子戏,可以得到许多启发。"作为一个文艺创作家,只有用自己"民族的眼睛"来观察,用本民族理解事物的方式来体验,灌注进本民族特有的审美理想,最后创作出的为本民族老百姓所喜闻乐见的文艺作品才是真正具有民俗意义,也就是民族化的艺术品,它不仅拥有着强大的群众基础,同时也充满了动人心魄的艺术魅力。

附录

十 龄 记

马识途

一、年龄

1915—2024 年,110 岁。

我曾名马千木,1915年出生于四川忠县(现为重庆忠县)平沙坝小山脚下的马家大院。大家都以为我是属兔的,其实不然,我出生那天,是农历的甲寅年腊月初三,而属相是按农历算的,所以,我属虎而不属兔。我为我有幸生于虎年而欢喜,老虎威武勇敢,有担当且聪明,这种精神力量,曾给我当年从事党的地下工作增添了勇气和智慧。

白驹过隙,转眼已逾百年。回首此生,在漫漫其修远的长途跋涉中,虽经千难万险、历无限沧桑,然初志未改,为国为民，可说是竭尽心力，无悔亦无愧矣。这里，录下我110岁生日写下的自寿诗："得闻高寿正自诧，至友祝寿来我家。足饭能行体尚健，近瞎渐聋还未傻。风雨同舟破巨浪，沧桑历尽惊白发。壮岁同许孺子牛，老来自诩识途马。终身成就乃过誉，百年巨匠未敢夸。拂尘开卷温旧籍，著书立说愿犹赊。寻根究源查古典，说文解字读龟甲。七八至交重酿饮，百十寿星乐无涯。"

二、学龄

20余年。

6岁（1920年）启蒙，进入位于平沙坝马氏家族办的"茂陵学堂"学习，后进入家族私塾就读。1927年考入忠县东区中学上初中。1931年7月，下川东14个县的七八百名初中毕业生集中到万县参加毕业会考，我取得排名第九的好成绩。万县会考结束后，离开故乡到北平，考上北平大学附属高中。1933年由于日本侵略者的侵入，逃离北平到上海，考进上海浦东中学作插班生。

1936年秋，我考上了在南京的中央大学化学工程系。

一年后因抗日战争全面爆发离开南京,经党组织的安排进入在黄安七里坪的党训班学习。1941年,根据革命工作的需要,参加了几个大学的招生考试,先被四川大学录取,一月后收到西南联合大学录取通知书从四川大学退学,同年进入西南联大外文系学习,后转中文系语言专业,1945年大学毕业,获语言学士学位。1980年,参加中央党校高研班学习半年。

三、工龄

1936—2009年,73年(49年+24年)。

1936年,我在中央大学就读期间,加入中国共产党的外围组织——南京秘密学联小组,自此参加革命工作。曾在党内担任过不同的领导职务,并历任中国作家协会理事、顾问、荣誉委员,四川省文联主席、名誉主席,四川省作家协会主席、名誉主席,中华诗词学会副会长,中国郭沫若研究学会副会长,四川省国际文化交流中心理事长,中国国际笔会中心理事等。

1985年从四川省人大正式离休后,仍继续在四川省作家协会主席岗位上工作到 2009 年。

四、党龄

1938—2024 年,86 年。

1938 年 3 月,加入中国共产党,我以为我已经找到了自己的道路,老马识途了,因此,将自己的名字改为马识途,从此走上职业革命家的道路,誓志终身革命,随时要准备为革命牺牲自己的一切乃至生命,永不叛党。

86 年来,无论是在地下工作期间还是新中国成立后,不忘初心,坚守着革命的信念,已忠诚地执行自己在入党宣誓上所许诺的一切义务和责任,尽心尽力了。

五、艺龄

1935—2024 年,89 年。

1935 年在《中学生》杂志上发表文章《万县》,1938 年在《战时青年》上发表文章《到农村去的初步工作》,在《新华日报》上发表文章《武汉的第一次空战》等。后因党的地下工作,一般不再公开发表文章。新中国成立后,自1959年为新中国成立十周年创作的短篇小说《老三姐》在《四川文学》上发表后，又陆续发表出版了一些短篇小说和长篇小说，《清江壮歌》便是我当时的代表作。

改革开放后，更是在大大小小各类报刊上发表文章不计其数，主要的文学作品收录在由四川文艺出版社2018年出版的《马识途文集》（十八卷）中。2020年，人民文学出版社为我出版了短篇小说集《夜谭续记》，我宣布封笔，但时有技痒，也作一些诗词被拿去发表在报刊上。2022年，人民出版社出版了我的《那样的时代，那样的人》一书，同年，四川人民出版社也根据我多年整理和研究的笔记，出版了《马识途西南联大甲骨文笔记》一书。目前，除《马识途文集》外，我正式出版的单本书籍有30本。

六、作协会龄

1961—2024年，63年。

1961年加入中国作家协会，曾任中国作家协会理事、顾问、荣誉委员，四川省作家协会主席（五届，28年）、名誉主席。

作为一个业余作家，我尽可能地挤出业余时间坚持写作，创作了一大堆文学作品。但遗憾的是，在我生活过的一百多年里，中国发生了翻天覆地的变化，中国人民为争取自由、民主而进行的革命是那么悲壮，又是那么绚丽；多少慷慨悲歌之士，多少壮烈牺牲之人；多么荒谬绝伦的奇事怪事，多么惊天动地的奇人怪人，这些都是非常丰富的文学素材，而我却没能写出它于万一。我虽为革命文学作家，却没有把革命文学写好，我感到惭愧、痛惜和悲伤。这已成为我的终身遗憾！

七、书龄

1920—2024 年，104 年。

我自幼入蒙即开始学书，日课数纸，不敢懈怠。初描红，继学颜，终习隶，然一曝十寒，至今仍未得其神髓。二十世纪七八十年代，公余之暇，时有信笔涂鸦，聊以自娱，结果徒遗成堆废纸。承蒙各方关爱，我曾被聘为四川省书法家协会名誉主席，还多次应邀参加全国各地举办的各类书法展，并在北京、成都、重庆等地举办过个人书法展近十次。但我仍自感汗颜，每每被人提及，不免惶恐，只以写字人自居，岂敢以书法家自命。

迄今习书已逾百载，我深知中国书法之难，以是知无天资者不可学书，无悟性者不可学书，无耐力者不可学书，欲以书法为敲门砖求名沽利者，更不可学书。

八、社交龄

观此一生，参加大大小小的科技文化社交活动可谓难以计数，也无法在此一一罗列。尤其是1985年担任四川国际文化交流中心理事长后，更是参加过很多国际文化交流活动，与世界各地来访者交流探讨，求同存异，增进友谊。

此外，（一）1978年，曾参加中国科学家代表团出访欧洲，与当地的科学家们进行交流，将先进科学技术带回中国；（二）1993年，曾带领中国作家代表团出访意大利进行文化交流；（三）曾被定为世界笔会中国联络人，旨在促进世界各国文化繁荣，加深各民族之间的了解；（四）2004年，在与美国飞虎队队员交往60周年之际，我们几个尚还在世的中美老朋友相约一起到昆明旧地重游，到我们当年交往活动过的每一处地方去寻找旧迹，还拜谒了为纪念牺牲的飞虎队队员而建的驼峰纪念碑；2016年，这些飞虎队队员的后代还专门到成都来拜访了我；（五）1985年，参加了华西医院为加拿大友人云从龙先生90岁生日举办的座谈会，并书写祝寿诗一首；2008年，在成都接待了云从龙先生的大儿子云达乐并赠《在地下》一书，向他讲述了和他父母在60年前建立的友谊。

九、奖龄

从二十世纪八九十年代至今，曾多次获文化部门颁发的各类奖项，究竟有多少，已记不得了，但据我女儿说，荣誉证装了一大箱。最近的是2019年9月，荣获中国作家协会颁发的"从事文学创作70年"荣誉证书，2023年12月获四川省作家协会颁发的"四川省杰出作家奖"。《马识途西南联大甲骨文笔记》一书获四川省第二十次社会科学优秀成果荣誉奖。另有两项终身成就奖：（一）2012年9月，全美中国作家联谊会颁发的"首届东方文豪终身成就奖"；（二）2013年1月，四川省文联颁发的"巴蜀文艺奖·终身成就奖"。

十、病龄

1934年在上海得了伤寒，1943年在昆明得了恶性痢疾。那个时候，这些病都被以为是恶疾，不过都转危为安了。

1997年，医生告诉我，说我的心跳会在晚上睡觉后有停跳，建议安装心脏起搏器，我没有犹豫，便同意安装了。后来又换过两次，最后的一次是2017年。

2001年在做常规检查时，发现我竟患肾癌，华西医院的医生叫我尽快手术，以免恶化。当时正值清华大学九十周年校庆之际，邀我参加，我坚持到北京参加了校庆，遂回成都手术。当时家人大多认为我已八十多岁，不宜手术，我却决心放手一搏，在女儿的支持下，共同签字完成手术，我也就成了"孤肾人"。

2017年，又是一次常规检查时发现我肺部出现大问题，后经各项检测后确诊是肺癌，考虑我已百零三岁，不宜手术，只能用靶向药物治疗。医生担心我是否能承受，我却不以为意，几十年的革命生涯，我早已将生死置之度外。克服药物副作用带来的不适，在积极配合治疗的同时，我抓紧了《夜谭续记》的写作。在《夜谭续记》结稿之际，竟然发现，我肺部的阴影几乎看不见了，血液指标也恢复正常。

2023年，我的靶向药一换再换，身体的各种不适加重，虽儿女们宽慰，我心已了然。我在百岁时制订的第一个五年计划已完成，第二个五年计划正在进行中，虽仍有遗憾，但无论在我的前头是不测风云，或是旦夕祸福，我都会淡然对待，坦然接受。

（2023年8月稿成）
（2024年6月作者根据手稿整理定稿）